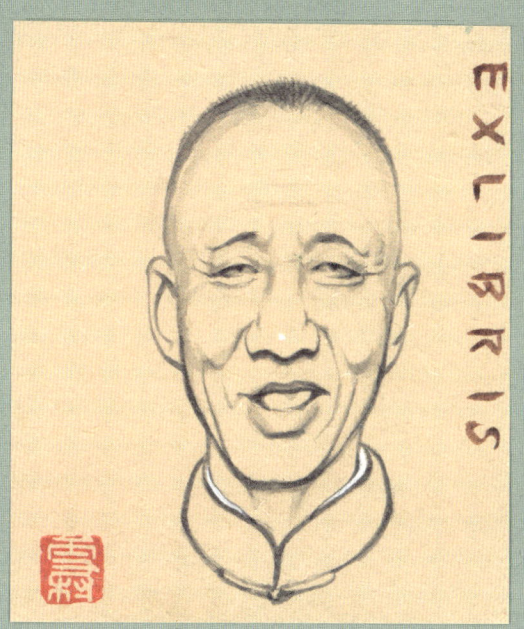

孙犁

芸斋琐谈

孙犁 / 著
刘运峰 / 编选

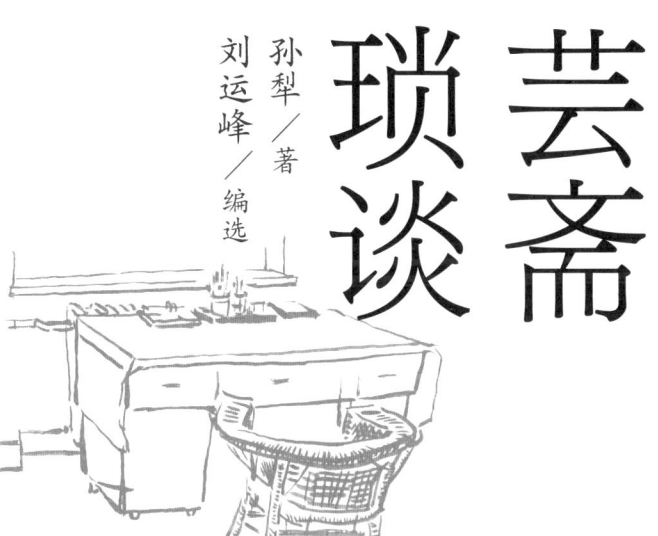

人民文学出版社

图书在版编目（CIP）数据

芸斋琐谈／孙犁著；刘运峰编选 .—北京：人民文学出版社，2023
（芸斋文丛）
ISBN 978-7-02-017930-5

Ⅰ.①芸… Ⅱ.①孙…②刘… Ⅲ.①杂文集—中国—当代 Ⅳ.① I267.1

中国国家版本馆 CIP 数据核字（2023）第 055246 号

责任编辑	杜　丽　陈　悦	
装帧设计	李思安	
责任校对	李晓静	
责任印制	任　祎	

出版发行	人民文学出版社	
社　　址	北京市朝内大街 166 号	
邮政编码	100705	
印　　刷	三河市宏盛印务有限公司	
经　　销	全国新华书店等	
字　　数	159 千字	
开　　本	880 毫米 ×1230 毫米　1/32	
印　　张	7.875　插页 3	
印　　数	1—4000	
版　　次	2023 年 10 月北京第 1 版	
印　　次	2023 年 10 月第 1 次印刷	
书　　号	978-7-02-017930-5	
定　　价	65.00 元	

如有印装质量问题，请与本社图书销售中心调换。电话：010-65233595

目　录

芸斋谈屑

谈　美＿＿003

谈　妒＿＿011

谈　才＿＿015

谈　名＿＿017

谈　诔＿＿020

谈　谅＿＿022

谈　慎＿＿025

谈　忘＿＿029

谈　迁＿＿032

谈　书＿＿035

谈稿费＿＿038

谈　师＿＿041

谈　友＿＿045

谈文学与理想＿＿048

谈改稿 053

谈读书 055

谈修辞 058

谈评论 060

谈爱书 063

爱书续谈 069

我和古书 072

我中学时课外阅读的情况 076

谈"打" 079

改稿举例 082

实事求是与短文 085

谈简要 087

谈"印象记" 089

文学与乡土 092

谈赠书 094

谈通俗文学 097

谈鼓吹____102
官浮于文____104
诗外功夫____107
听朗诵____110
谈　死____113
谈"补遗"____116
谈照相____119
照相续谈____122
谈自裁____125
谈头条____128
谈理解____131
谈闲情____134

庸庐闲话
关于我的琐谈 —— 给铁凝的信____139
关于编辑工作的通信____142

关于编辑和投稿 ____151
  编 辑 ____151
  投 稿 ____155
谈校对工作 ____159
文林谈屑 ____164
文林谈屑之二 ____172
  电报约稿 ____172
  小说名目 ____173
  自然生态 ____174
  文字疏忽 ____176
  刊物面目 ____177
  文章题目 ____178
  评论家的妙语 ____179
  "复杂的性格"论 ____181
  名山事业 ____182
  宾馆文学 ____184

运动文学与揣摩小说____185

庸庐闲话____189

　　我的起步____189

　　我的戒条____190

　　我的自我宣传____190

　　我最佩服的人____191

　　我与官场____192

　　我的仗义____194

文事琐记

风烛庵杂记____199

风烛庵文学杂记____203

风烛庵文学杂记续抄____207

风烛庵文学杂记三抄____213

文过 —— 文事琐谈之一____218

文虑 —— 文事琐谈之二____221

老年文字 —— 文事琐谈之三____224

文宗 —— 文事琐谈之四____227

"病句"的纠缠____230

当代文事小记____234

我和青年作家 ——《文场亲历记》摘抄____238

我观文学奖____241

反嘲笑____244

芸斋谈屑

谈 美

小 序

日前有西北大学研究生李君来舍下，询作品何以如此之美。余告以拙作无可谈者，过誉之词不可信。然感君远道而来，愿将平日想到有关艺术与美之问题，竭诚以告。李君别后，乃就谈话时自记提纲，条列为下文。

一

文、音、美、剧及其他，综合而称为艺术。凡是艺术，都应该是美的。艺术与美，可以说是同义语。这种美，包括形象和思想，即内容与形式两个方面，而且必然是统一的，没有美，则不能称为艺术。

二

艺术的美，是生活的再现。因此，生活是美的基础，可以说没有生活就没有美。但生活的美，并不等于艺术的美。艺术之美，是经过创造的。所以说，既是艺术家，就应该是创造美的人。

三

人稍有知识，即知分妍媸，辨善恶，而美与善连，恶与丑结，不可分割。在理学家讲，这是良知；在佛经上讲，这叫善知识。艺术上的创造，亦与此相同。

四

艺术家的特异功能，不在于反映，而在于创造。不在于揭示众口之所称为美者、善者，是在能于事物隐微之处，人所经常见到而不注意之处，再现美、善，于复杂、矛盾的人物性格之中，提炼美、善。

五

艺术家所创造之美，一经完成，即非生活中的东西，而成为

"人间天上"的东西。曹雪芹所创造之林黛玉，即梅兰芳亦不能再现之于舞台。但林之形象、性格、语言，又能经常于日常生活之中，芸芸众生之中，见到其一鳞一爪。此一个性，伴社会生活、历史演变，而永生。此艺术之可贵，亦艺术之难能也。

六

必经创造，才能产生艺术之美。凡单纯模拟自然、模拟生活、模拟人物、模拟他人之作品，皆不能产生艺术之美，亦不得称为创作。

七

然艺术家必须经过模拟之阶段，实即观察、体验之阶段。天下未有不经过此阶段，而成为艺术家者也。观察愈细，体验愈深，则其创造成功之可能性愈大，其艺术成就亦愈高。

八

任何艺术，都要先求形似，此为初级阶段；然后，再求神似。神形兼备，巧夺天工，则为高级阶段矣。然非人人皆能达到也。

九

人皆知爱美，而艺术家对美的追求、探索，尤其强烈、执着，不同于一般。有的且近狂热，拼以身命，以求美之发挥。具备此种为美献身之狂热精神者，常常得成为艺术家。

十

美不是静止固定的东西。凡艺术，皆贵玄远，求其神韵，不尚胶滞。音乐中之高山流水，弦外之音，绕梁三日，皆此义也。艺术家于生活静止、凝重之中，能作流动超逸之想，于尘嚣市声之中，得闻天籁，必能增强其艺术的感染力量。

十一

所谓美学，即研究艺术美之学，不能离开艺术。美学属于哲学范畴，是哲学一个门类。它不是艺术现象的琐碎研究，而是探求美在创作实践中的规律。

十二

哲学是艺术的思想基础，指导力量。凡艺术家，都有他自己的根深蒂固的哲学思想，作为他表现社会，展示人生的基础。这就是一个艺术家或作家的人生哲学。

十三

作家的人生哲学，非生而知之，乃后天积学习、经历、体验而得。有的乃经过人生之一劫而后得之，《红楼梦》作者是也。虽经一劫，然又不失其赤子之心，反增强其祝福人类、改良社会之热诚与愿望，托尔斯泰是也。即使其哲学思想，并非对症之良药，然其真诚的无私之心，追求善美之勇，不可忽视。至于其艺术形象之美，婉约曼丽，容光照人，则更不能忽视之矣。

十四

美既是现实，也是理想。艺术所表现者，则为现实与理想之结合。古代美术之美，多与宗教理想相结合，然细观之，亦与社会理想相结合也。

十五

艺术与社会风尚、社会伦理、社会道德，关系至巨。凡为人生而努力的艺术家，无不注全力于此。美即真与善之结合，尤真诚，无善念，尚有何美可言？故历来艺术家，都是在人伦道德上，富有修养的人。虚伪者，或能取巧于一时，终不能成为艺术家。

十六

艺术中表现之伦理道德,非说教也。艺术家长期作艺术技巧的习练,至于成熟;对人生社会,又作长期之观察、思考,熟虑于心。然后两相结合,得成为艺术。以艺术之力,感染人心,既深且永,故谓之潜移默化。

十七

艺术家创造出美的形象,以之美化人类的心灵,使之向善,此即谓之美育。中国古代,即知以艺术教化人民。最初注重音乐、诗歌,以后泛及戏剧、小说。"五四"前后,蔡元培先生提倡美育甚力,社会风靡从之。然此旨后不得继。学校偏重智育,音乐美术之课,形同虚设。美育废弛,必然影响德育。

十八

凡能创造美的艺术家,其学习起点必高。所见所习者既高,因此能对庸俗下流者,不屑一顾。如起点甚卑,则易同流合污矣。现代一些老的艺术家,其起步多在三十年代之初,师承鲁迅现实主义之教,投身中国革命洪流,根柢甚厚。其积累之经验,可为后代言传身教者,当亦不少。

十九

凡拈花惹草,搔首弄姿,无病呻吟者,虽名为艺术家,然究不能创造真正的美。吟风弄月,媚悦世俗,皆属于东施效颦之列,因其不得国风之正也。

二十

凡虚张声势,大言欺人,捏造事实,迎风而上者,虽号称艺术家,亦不能创造真正之美。以其乃吹气球、变戏法的技巧,实非艺术的技巧也。

二十一

艺术家必注重艺术情操的修养,然后才能创造出美。艺术情操的修养,包括道德修养以及对国家、民族、时代的热诚和责任感。无此热诚及责任感者,终不能成为真正的艺术家。

二十二

要想成为真正的艺术家,在其学习创作之始,就要力求表现高尚的东西,即高尚的人物及其思想。投身革命的、进步的潮流之中，熏陶而锻冶自己的思想感情，以期与时代及人民，亲密无间。

二十三

美有个性，美有品格。凡艺术，除表现时代、社会的风貌外，亦必同时表现作者的品格、气质、道德的风貌。

二十四

凡艺术家，长期积累之后，乃进行创作。创作之时，全神贯注，与作品中人物形随神交，水乳交融，就可能创造出美的境界。但当时他所注意的只是真不真，并没有考虑美不美。美乃自然形成，非有意造作，以炫耀于观众也。至于一些对文学作品的赞美之词，"如诗如画""行云流水"等等，乃出自后来读者之口，非作者写作时有意追求也。凡创作之前，先存"造美"之念者，其结果多弄巧成拙，益增其丑。

二十五

凡艺术，乃人为之功，非天才之业也。投机取巧者，可以改弦易辙矣。

一九八二年二月十六日下午改讫

谈　妒

"文人相轻",是曹丕说的话。曹丕是皇帝、作家、文艺评论家,又是当时文坛的实际领导人,他的话自然是有很大的权威性。他并且说,这种现象是"自古而然",可见文人之间的相轻,几乎是一种不可动摇的规律了。

但是,虽然他有这么一说,在他以前以后,还是出了那么多伟大的作家和作品,终于使我国有了一本厚厚的琳琅满目的文学史。就在他的当时,建安文学也已经巍然形成了一座艺术的高峰。

这说明什么呢?只能说明文人之相轻,只是相轻而已,并不妨碍更不能消灭文学的发展。文人和文章,总是不免有可轻的地方,互相攻磨,也很难说就是嫉妒。记得一位大作家,在回忆录中,记述了托尔斯泰对青年作家的所谓妒,并不当作恶德,而是作为美谈和逸事来记述的。

妒、嫉,都是女字旁,在造字的圣人看来,在女性身上,这种性质,是于兹为烈了。中国小说,写闺阁的妒嫉的很不少,《金瓶梅》写得最淋漓尽致,可以说是生命攸关、你死我活。其实这只能表示当时妇女生存之难，并非只有女人才是这样。

据弗洛伊德学派分析，嫉妒是一种心理状态，是人人都具有的，从儿童那里也可以看到的。这当然是一种缺陷心理，是由于羡慕一种较高的生活，想获得一种较好的地位，或是想得到一种较贵重的东西产生的。自己不能得到心理的补偿，发现身边的人，或站在同等位置的人先得到了，就会产生嫉妒。

按照达尔文的生物学说以及遗传学说，这种心理，本来是不足奇怪，也无可厚非的。这是生物界长期在优胜劣败、物竞天择这一规律下生存演变，自然形成的，不分圣贤愚劣，人人都有份的一种本能。

它并不像有些理学家所说的，只有别人才会有，他那里没有。试想：性的嫉妒，可以说是一种典型的"妒"，如果这种天生的正人君子，涉足了桃色事件，而且做了失败者，他会没有一点妒心，无动于衷吗？那倒是成了心理的大缺陷了。有的理论家把嫉妒归咎于"小农经济"，把意识形态甚至心理现象简单地和物质基础联系起来，好像很科学。其实，"大农经济"，资本主义经济，也没有把这种心理消灭。

蒲松龄是伟大的。他在一篇小说里，借一个非常可爱的少女的口说："幸灾乐祸，人之常情，可以原谅。"幸灾乐祸也是一种嫉妒。

当然，这并不是一种可贵的心理，也不是不能克服的。人类社会的教育设施、道德准则，都是为了克服人的固有的缺陷，包括心理的缺陷，才建立起来并逐渐完善的。

嫉妒心理的一个特征是：它的强弱与引之发生的物象的距离，成为正比。就是说，一个人发生妒心，常常是由于只看到了近处，比如家庭之间、闺阁之内、邻居朋友之间，地位相同，或是处境相同，一旦别人较之上升，他就发生了嫉妒。

如果，他增加了文化知识，把眼界放开了，或是他经历了更多的社会磨炼，他的妒心，就会得到相应的减少与克服。

人类社会的道德准则，对这种心理，是排斥的，是认为不光彩的。这样有时也会使这种心理，变得更阴暗，发展为阴狠毒辣，驱使人去犯罪，造成不幸的事件。如果当事人的地位高，把这种心理加上伪装，其造成的不幸局面，就会更大，影响的人，也就会更多。

由嫉妒造成的大变乱，在中国历史上，是不乏例证的。远的不说，即如"文化大革命"，"四人帮"的所作所为，其中就有很大的嫉妒心理在作祟。他们把这种心理，加上冠冕堂皇的伪装，称之为"革命"，并且用一切办法，把社会分成无数的等级、差别，结果造成社会的大动乱。

革命的动力，是经济和政治主导的、要求的，并非仅凭嫉妒心理，泄一时之愤，可以完成的。以这种缺陷心理为主导，为动力，是不能支持长久的，一定要失败的。

最不容易分辨清楚的是：少数人的野心，不逞之徒的非分之想，流氓混混儿的趁火打劫，和广大群众受压迫，所表现的不平和反抗。

项羽看见秦始皇，大言曰："彼可取而代也。"猛一听，其中好像有嫉妒的成分。另一位英雄所喊的："帝王将相，宁有种乎？"乍一看也好像是一个人的愤愤不平，其实他们的声音是和时代，和那一时代的广大群众的心相连的，所以他们能取得一时的成功。

一九八一年十二月二十八日

谈 才

六十年代之末,天才二字,绝迹于报章。那是因为从政治上考虑,自然与文学艺术无关。

近年来,这两个字提到的就多了,什么事一多起来,也就有许多地方不大可信,也就与文学艺术关系不大了。例如神童之说,特异功能之说等等,有的是把科学赶到迷信的领地里去,有的却是把迷信硬拉进科学的家里来。

我在年幼时,对天才也是很羡慕的。天才是一朵花,是一种果实,一旦成熟,是很吸引人的注意的。及至老年,我的态度就有了些变化。我开始明白:无论是花朵或果实,它总是要有根的,根下总要有土壤的。没有根和土壤的花和果,总是靠不住的吧。因此我在读作家艺术家的传记时,总是特别留心他们还没有成为天才之前的那一个阶段,就是他们奋发用功的阶段,悬梁刺股的阶段;他们追求探索,四顾茫然的阶段;然后才是他们坦途行进,收获日丰的所谓天才阶段。

现在已经没有人空谈曹雪芹的天才了,因为历史告诉人们,曹除去经历了一劫人生，还在黄叶山村，对文稿披阅了十载，删改了五次。也没有人空谈《水浒传》作者的天才了，因为历史也告诉人们，这一作者除去其他方面的修养准备，还曾经把一百零八名人物绘成图样，张之四壁，终日观摩思考，才得写出了不同性格的英雄。也没有人空谈王国维的天才了，因为他那种孜孜以求，有根有据，博大精深的治学方法，也为人所熟知了。海明威负过那么多次致命的伤，中了那么多的弹片，他才写得出他那种有关生死的小说。

所以我主张，在读天才的作品之前，最好先读读他们的可靠的传记。说可靠的传记，就是真实的传记，并非一味鼓吹天才的那种所谓传记。

天才主要是有根，而根必植在土壤之中。对文学艺术来说，这种土壤，就是生活，与人民有关的，与国家民族有关的生活。从这里生长起来，可能成为天才，也可能成不了天才，但终会成为有用之材。如果没有这个根柢，只是从前人或国外的文字成品上，模仿一些，改装一些，其中虽也不乏一些技巧，但终不能成为天才的。

谈 名

名之为害,我国古人已经谈得很多,有的竟说成是"殉名",就是因名致死,可见是很可怕的了。

但是,远名之士少,近名之士还是多。因为在一般情况下,名和利又常常联系在一起,与生活或者说是生计有关,这也就很难说了。

习惯上,文艺工作中的名利问题,好像就更突出。

余生也晚,旧社会上海滩上文坛的事情,知道得少。我发表东西,是在抗日战争时期和解放战争时期。这两个时期,在敌后根据地,的的确确没有稿费一说。战士打仗,每天只是三钱油三钱盐,文人拿笔写点稿子,哪里还能给你什么稿费?虽然没有利,但不能说没有名,东西发表了,总是会带来一点好处的。不过,冷静地回忆起来,所谓"争名夺利"中的两个动词,在那个时代,是要少一些,或者清淡一些。

进城以后,不分贤与不肖,就都有了这个问题,或多或少。每个人也都有不少经验教训,事情昭然,这里也就不详谈了。

文人好名，这是个普遍现象，我也不例外，曾屡次声明过。有一点点虚名，受过不少实害，也曾为之发过不少牢骚。对文与名的关系，或者名与利的关系，究竟就知道得那么详细？体会得那么透彻吗？ 也不尽然。

就感觉所得，有的人是急于求名，想在文学事业上求得发展。大多数是青年，他们有的在待业，有的虽有职业，而不甘于平凡工作的劳苦，有的考大学未被录取，有的是残疾。他们把文学事业想得很简单，以为请一个名师，读几本小说，订一份杂志，就可以了。我有时也接到这些青年人的来信，其中有不少是很朴实诚笃的人，他们确是把文章成名看做是一种生活理想，一种摆脱困难处境的出路。我读了他们的信，常常感到心里很沉重，甚至很难过。但如果我直言不讳，说这种想法太天真，太简单，又恐怕扫他们的兴，增加他们的痛苦。

也有一种幸运儿，可以称之为"浪得名"的人。这在五十年代末至七十年代末，几十年间，是常见的，是接二连三出现的。或以虚报产量，或以假造典型，或造谣言，或交白卷，或写改头换面的文章，一夜之间，就可以登名报纸，扬名宇内。自然，这种浪来之名，也容易浪去，大家记忆犹新，也就不再多说了。

还有一种，就是韩愈说的"动辄得咎，名亦随之"的名。在韩愈，他是总结经验，并非有意投机求名。后来之士，却以为这也是得名的一个好办法。事先揣摩意旨，观察气候，写一篇小说或报告，发人所不敢言者。其实他这样做，也是先看准现在是政治清明，讲求民主，风险不大之时。如果在阶级斗争不断扩大化的年代，弄不好，会戴帽充军，他也就不一定有这般勇气了。

总之，文人之好名——其实也不只文人，是很难说也难免的，不可厚非的。只要求出之以正，靠努力得来就好了。江青不许人谈名利，不过是企图把天下的名利集结在她一人的身上。文优而仕，在我们国家，是个传统，也算是仕途正路。虽然如什么文联、协会之类的官，古代并没有，今天来说，也不上仕版，算不得什么官，但在人们眼里，还是和名有些关联，和生活有些关联。因此，有人先求文章通显，然后转入宦途，也就不奇怪了。

戴东原曰：仆数十年来……其得于学者，不以人蔽己，不以己自蔽。不为一时之名，亦不期后世之名。凡求名之弊有二，非掊击前人以自表襮；即依傍昔儒，以附骥尾。二者不同，而鄙吝之心同。是以君子务在闻道也。

他的话，未免有点高谈阔论吧！但道理还是有的。

一九八二年四月二十五日晨

谈 谀

字典：逢迎之言曰谀，谓言人之善不实也。

谀，是一向当作不好的表现的。其实，在生活之中，是很难免的。我不知道，有没有一生之中，从来也没有谀过人的人。我回想了一下，自己是有过的。主要是对小孩、病人、老年人。

关于谀小孩，还有个过程。我们乡下，有个古俗，孩子缺的人家，生下女孩，常起名"丑"。孩子长大了，常常是很漂亮的。人们在逗弄这个小孩时，也常常叫"丑闺女，丑闺女"，她的父母，并不以为怪。

进入城市以后，长年居住在大杂院之中，邻居生了一个女孩，抱了出来叫我看。我仍然按照乡下的习惯，摸着小孩的脸蛋说："丑闺女，丑闺女。"孩子的母亲非常不高兴，脸色难看极了，引起我的警惕。后来见到同院的人，抱出小孩来，我就总是说："漂亮，这孩子真漂亮！"漂亮不漂亮，是美学问题，含义高深，因人而异，说对说错，向来是没有定论的。但如果涉及胖瘦问题，即近于物质基础的问题，就要实事求是一些，不能过谀了。有一次，有一位妈妈，抱一个孩子叫我看，我当时心思没在那上面，就随口说："这孩子多胖，多好玩！"孩子妈妈又不高兴了，抱着孩子扭身走去。我留神一看，才发现孩子瘦成了一把骨。又是一次经验教训。

对于病人，我见了总好说："好多了，脸色不错。"有的病人听了，也不一定高兴，当然也不好表示不高兴，因为我并无恶意。对老年人，常常是对那些好写诗的老年人，我总说他的诗写得好，至于为了什么，我在这里就不详细交代了。

但我自信，对青年人，我很少谀。过去如此，现在仍然如此。既非谀，就是直言（其实也常常拐弯抹角，吞吞吐吐）。因此，就有人说我是好"教训"人。当今之世，吹捧为上，"教训"二字，可是要常常得罪人，并有时要招来祸害的。

不过，我可以安慰自己的，是自己也并不大愿意听别人对我的谀，尤其是青年人对我的谀。听到这些，我常常感到惭愧不安，并深深为说这种话的人惋惜。

至于极个别的，谀他人（多是老一辈）的用心，是为了叫他人投桃报李，也回敬自己一个谀，而当别人还没有来得及这样去做，就急急转过身去，不高兴，口出不逊，以表示自己敢于革命，想从另一途径求得名声的青年，我对他，就不只是惋惜了。

附记：我平日写文章，只能作一题。听说别人能于同时进行几种创作，颇以为奇。今晨于写作"谈名"之时，居然与此篇交插并进，系空前之举。盖此二题，有相通之处，本可合成一篇之故也。

谈 谅

古代哲人、伟大的教育家孔子，在教人交友时特别强调一个"谅"字。

孔子的教学法，很少照本宣科，他总是把他的人生经验作为活的教材，去告诉他的弟子们，交友之道，就是其一。

是否可以这样说呢，人类社会之所以能维持下来，不断进步，除去革命斗争之外，有时也是互相谅解的结果。

谅，就是在判断一个人的失误时，能联系当时当地的客观条件，加以分析。

三十年代初，日本的左翼文学，曾经风起云涌般的发展，但很快就遭到政府镇压，那些左翼作家，又风一般向右转，当时称做"转向"。有人对此有所讥嘲。鲁迅先生说：这些人忽然转向，当然不对，但那里 —— 即日本 —— 的迫害，也实在残酷，是我们在这里难以想象的。他的话，既有原则性，也有分析，并把仇恨引到法西斯制度上去。

十年动乱，"四人帮"的法西斯行为，其手段之残忍，用心之卑鄙，残害规模之大，持续时间之长，是中外历史没有前例的，使不少优秀的、正当有为之年的，甚至是聪明乐观的文艺工作者自裁了。事后，有人为之悲悼，也有人对之责难，认为是"软弱"，甚至骂之为"浑"为"叛"，"世界观有问题"。这就很容易使人们想起，有些造反派把某人迫害致死后，还指着尸体骂他是自绝于人民，死不改悔等等，同样是令人难以索解的奇异心理。如果死者起身睁眼问道："你又是怎样活过来的呢？十年中间，你的言行都那么合乎真理正义吗？"这当然就同样有失于谅道了。

死去的是因为活不下去，于是死去了。活着的，是因为不愿意死，就活下来了。这本来都很简单。

王国维的死，有人说是因为病，有人说是因为钱（他人侵吞了他的稿费），有人说是被革命所吓倒，有人说是殉葬清朝。

最近我读到了他的一部分书札。在治学时，他是那样客观冷静，虚怀若谷，左顾右盼，不遗毫发。但当有人"侵犯"了一点点皇室利益，他竟变得那样气急败坏，语无伦次，强词夺理，激动万分。他不过是一个逊位皇帝的"南书房行走"，他不重视在中外学术界的权威地位，竟念念不忘他那几件破如意，一件上朝用的旧披肩，我确实为之大为惊异了。这样的性格，真给他一个官儿，他能做得好吗？现实可能的，他能做的，他不安心去做，而去追求迷恋他所不能的，近于镜花水月的事业，并以死赴之。这是什么道理呢？但终于想，一个人的死，常常是时代的悲剧。这一悲剧的终场，前人难以想到，后人也难以索解。他本人也是不太明白的，他只是感到没有出路，非常痛苦，于是就跳进了昆明湖。长期积累的、耳习目染的封建帝制余毒,在他的心灵中,形成了一个致命的大病灶。心理的病加上生理的病,促使他死亡。

他的学术是无与伦比的。我上中学的时候,就买了一本商务印的带有圈点的《宋元剧曲史》,对他非常崇拜。现在手下又有他的《流沙坠简》、《观堂集林》等书,虽然看不大懂,但总想从中看出一点他治学的方法,求知的道路。对他的糊里糊涂的死亡,也就有所谅解,不忍心责难了。

还有罗振玉,他是善终的。溥仪说他在大连开古董铺,卖假古董。这可能是事实。这人也确是个学者,专门做坟墓里的工作。且不说他在甲骨文上的研究贡献,就是抄录那么多古碑,印那么多字帖,对后人的文化生活,提供了多少方便呀!了解他的时代环境,处世为人,同时也了解他的独特的治学之路,这也算是对人的一种谅解吧。他印的书,价虽昂,都是货真价实,精美绝伦的珍品。

谅,虽然可以称做一种美德,但不能否认斗争。孔子在谈到谅时,是与直和多闻相提并论的。直就是批评、规劝,甚至斗争。多闻则是指的学识。有学有识,才有比较,才有权衡,才能判断:何者可谅,何者不可谅。一味去谅,那不仅无补于世道,而且会被看成呆子,彻底倒霉无疑了。

一九八二年五月十五日

谈　慎

人到晚年，记忆力就靠不住了。自恃记性好，就会出错。记得鲁迅先生，在晚年和人论战时，就曾经因把《颜氏家训》上学鲜卑语的典故记反了，引起过一些麻烦。我常想，以先生之博闻强记，尚且有时如此，我辈庸碌，就更应该随时注意。我目前写作，有时提笔忘字，身边有一本过去商务印的学生字典给我帮了不少忙。用词用典，心里没有把握时，就查查《辞海》，很怕晚年在文字上出错，此生追悔不及。

这也算是一种谨慎吧。在文事之途上，层峦叠嶂，千变万化，只是自己谨慎还不够，别人也会给你插一横杠。所以还要勤，一时一刻也不能疏忽。近年来，我确实有些疏懒了，不断出些事故，因此，想把自己的书斋，颜曰"老荒"。

新写的文章，我还是按照过去的习惯，左看右看，两遍三遍地修改。过去的作品这几年也走了运，有人把它们东编西编，名目繁多，重复杂逻不断重印。不知为什么，我很没兴趣去读。我认为是炒冷饭，读起来没有味道。这样做，在出版法上也不合适，可也没有坚决制止，采取了任人去编的态度。校对时，也常常委托别人代劳。文字一事，非同别个，必须躬亲。你不对自己的书负责，别人是无能为力，或者爱莫能助的。

最近有个出版社印了我的一本小说选集，说是自选，我是让编辑代选的。她叫我写序，我请她摘用我和吴泰昌的一次谈话，作为代序。清样寄来，正值我身体不好，事情又多，以为既是摘录旧文章，不会有什么错，就请别人代看一下寄回付印了。后来书印成了，就在这个关节上出了意想不到的毛病。原文是我和吴泰昌的谈话，编辑摘录时，为了形成一篇文章，把吴泰昌说的话，都变成了我的话。什么在我的创作道路上，一开始就燃烧着人道主义的火炬呀。什么形成了一个大家公认的有影响的流派呀。什么中长篇小说，普遍受到好评呀。别人的客气话，一变而成了自我吹嘘。这不能怪编辑，如果我自己能把清样仔细看一遍，这种错误本来是可以避免的。此不慎者一。

近年来，有些同志到舍下来谈后，回去还常常写一篇文字发表，其中不少佳作，使我受到益处。也有用报告文学手法写的，添枝加叶，添油加醋。对此，直接间接，我也发表过一些看法。最近又读到一篇，已经不只是报告文学，而是近似小说了。作者来到我家，谈了不多几句话，坐了不到一刻钟，当时有旁人在座，可以做证。但在他的访问记里，我竟变成了一个讲演家，大道理滔滔不绝地出自我的口中，他都加上了引号，这就使我不禁为之大吃一惊了。

当然，他并不是恶意，引号里的那些话，也都是好话，都是非常正确的话，并对当前的形势，有积极意义。千百年后，也不会有人从中找出毛病来的。可惜我当时并没有说这种话，是作者为了他的主题，才要说的，是为了他那里的工作，才要说的。往不好处说，这叫"造作语言"，往好处说，这是代我"立言"。什么是访问记的写法，什么是小说的写法，可能他分辨不清吧。

如果我事先知道他要写这篇文章，要来看看就好了，就不会出这种事了。此不慎者二。

我是不好和别人谈话的，一是因为性格，二是因为疾病，三是因为经验。目前，我的房间客座前面，压着一张纸条，上面就有一句：谈话时间不宜过长。

写文章，自己可以考虑，可以推敲，可以修改，尚且难免出错。言多语失，还可以传错、领会错，后来解释、补充、纠正也来不及。有些人是善于寻章摘句，捕风捉影的。他到处寻寻觅觅，捡拾别人的话柄，作为他发表评论的资本。他评论东西南北的事物，有拓清天下之志。但就在他管辖的那个地方，就在他的肘下，却常常发生一些使天下为之震惊的奇文奇事。

这种人虽然还在标榜自己一贯正确，一贯坚决，其实在创作上，不过长期处在一种模仿阶段，在理论上，更谈不上有什么一贯的主张。今日宗杨，明日师墨，高兴时，鹦鹉学舌，不高兴，反咬一口。根子还是左右逢迎，看风使舵。

和这种人对坐，最好闭口。不然，就"离远一点"。

《水浒传》上描写：汴梁城里，有很多"闲散官儿"。为官而闲在，幼年读时，颇以为怪。现在不怪了。这些人，没有什么实权，也没有多少事干，但又闲不住。整天价在三瓦两舍，寻欢取乐，也在诗词歌赋上，互相挑剔，寻事生非。他们的所作所为，虽不一定能影响整个社会的安定团结，但"文苑"之长期难以平静无事，恐怕这也是一个原因吧？此应慎者三。

一九八二年五月二十八日晨再改一次

谈 忘

记得抗日期间，在山里工作的时候，与一位同志闲谈，不知谈论的是何题何事，他说："人能忘，和能记，是人的两大本能。人不能记，固然不能生存；如不能忘，也是活不下去的。"

当时，我正在青年，从事争战，不知他说这种话，是什么意思，从心里不以为然。心想：他可能是有什么不幸吧，有什么不愉快的事，压在他的心头吧。不然，他为什么强调一个忘字呢？

随着年龄的增长，随着经验的增加，随着喜怒哀乐、七情六欲的交织于心，有时就想起他这句话来，并开始有些赞成了。

鲁迅的名文：《为了忘却的记念》，不就是要人忘记吗？但又一转念：他虽说是叫人忘记，人们读了他的文章，不是越发记得清楚深刻了吗？思想就又有些糊涂起来了。

有些人，动不动就批评别人有"糊涂思想"。我很羡慕这种不知道是天生来，还是吃了什么灵丹妙药，一生到头，保持着清水明镜一般头脑，保持着正确、透明的思想的人。想去向他求教，又恐怕遭到斥责、棒喝，就又中止了。

说实话，青年时，我也是富于幻想，富于追求，富于回忆的。我可以坐在道边，坐在树下，坐在山头，坐在河边，追思往事，醉心于甜蜜之境，忘记时间，忘记冷暖，忘记阴晴。

但是，这些年来，或者把时间明确一下，即十年动乱以后，我不愿再回忆往事，而在忘字上下功夫了。

每逢那些年，那些事，那些人，在我的记忆中出现时，我就会心浮气动，六神失据，忽忽不知所归，去南反而向北。我想：此非养身立命之道也。身历其境时，没有死去，以求解脱。活过来了，反以回忆伤生废业，非智者之所当为。要学会善忘。

渐渐有些效果，不只在思想意识上，在日常生活上，也达观得多了。比如街道之上，垃圾阻塞，则改路而行之；庭院之内，流氓滋事，则关门以避之。至于更细小的事，比如食品卫生不好，吃饭时米里有砂子，菜里有虫子，则合眉闭眼，囫囵而吞之。这在嫉恶如仇并有些洁癖的青年时代，是绝对做不到的，目前我是"修养"到家了。

当然，这种近似麻木不仁的处世哲学，是不能向他人推行的。我这样做，也不过是为了排除一些干扰，集中一点精力，利用余生，做一些自己认为有用的工作。

记忆对人生来说，还是最主要的，是积极向上的力量。记忆就是在前进的时候，时常回过头去看看，总结一下经验。

从我在革命根据地工作，学习作文时，就学会了一个口诀：经、教、优、缺、模。经、教就是经验教训。无论写通讯，写报告，写总结，经验教训，总是要写上一笔的。在很长一段时间里，我们因为能及时总结经验，取得教训，使工作避免了很多错误。但也有那么一段时间，就谈不上什么总结经验教训了，一变而成了任意而为或一意孤行，酿成了一场浩劫。

中国人最重经验教训。虽然有时只是挂在口头上。格言有：前事不忘，后事之师。前车之覆，后车之鉴。书籍有《唐鉴》、《通鉴》……所以说，不能一味地忘。

一九八二年七月十四日

谈　迂

不谙世情谓之迂，多见于书呆子的行事中。

鲁迅先生记述：他尝告诉柔石，社会并不像柔石想的那么单纯，有的人是可以做出可怕的事情来的，甚至可以做血的生意。然而柔石好像不相信，他常常睁大眼睛问道：可能吗？会有这种事情吗？

这就叫做迂。凡迂，就是遇见的险恶少，仍以赤子之心待人。鲁迅告诉柔石的是一九二七年的事。现在，时值三伏大热，我记下几件一九六七年冬天的琐事，一则消暑，二则为后来人广见闻增加阅历。

一、我到干校之前，已经在大院后楼关押了几个月。在后楼时，一位兼做看管的女同志，因为我体弱多病，在小铺给我买了一包油茶面。我吃了几次，剩了一点点，不忍抛弃，随身带到干校去。一天清理书包，我把它倒进茶杯里，用开水冲着吃了。当时，我以为同屋都是难友，又是多年同事，这口油茶又是从关押室带来的，所以毫无忌讳，吃得很坦然。当时也没有人说话。第二天清早，群众专政室忽然调我们全棚到野外跑步，回到室内，已经大事搜查过，目标是：高级食品。可惜我的书包里，是连一块糖也搜不出来了。

二、刚到干校时，大棚还没修好，我分到离厨房近的一间小棚。有一天，我睡下得比较早，有一个原来很要好，平日并对我很尊重的同事，进来说：

"我把这镰刀和绳子，放在你床铺下面。"

当时，我以为他去劳动，回来得晚了，急着去吃饭，把东西先放在我这里。就说：

"好吧。"

第二天早起，照例专政室的头头要集合我们训话。这位头头，是一个典型的天津青皮、流氓、无赖。素日以心毒手狠著称。他常常无事生非，找碴挑错，不知道谁倒霉。这一天，他先是批判我，我正在低头听着的时候，忽然那位同事说：

"刚才，我从他床铺下，找到一把镰刀和一条绳子。"

我非常愤怒，不知是从哪里飞来的勇气，大声喝道：

"那是你昨天晚上放下的！"

他没有说话。专政室的头头威风地冲我前进一步，但马上又退回去了。

在那时，镰刀和绳子，在我手里，都会看做凶器的，不是企图自杀，就是妄想暴动，如不当场揭发，其后果是很危险的，不堪设想的。所以说，多么迂的人，一得到事实的教训，就会变得聪明了。当时排队者不下数十人，其中不少人，对我的非凡气概为之一惊，称快一时。

三、有一棚友，因为平常打惯了太极拳，一天清早起来劳动之前，在院子里又比划了两下。有人就报告了专政室，随之进行批判。题目是："锻炼狗体，准备暴动！"

四、此事发生在别的牛棚，是听别人讲的，附录于此。棚长长夏无事，搬一把椅子，坐在棚口小杨树下，看牛鬼蛇神们劳动。忽然叫过一个知识分子来，命令说：

"你拔拔这棵杨树！"

这个人拔了拔说：

"我拔不动！"

棚长冷笑着对全体牛鬼蛇神说：

"怎么样？你们该服了吧，蚍蜉撼树谈何易！"

这可以说是对"迂"人开的一次玩笑。但经过这场血的洗礼，我敢断言，大多数的迂夫子，是要变得聪明一些了。

一九八二年七月十五日清晨

暑期已届，大院只有此时安静

谈　书

古人读书，全靠借阅或抄写，借阅有时日限制，抄写必费纸墨精神。所以对于书籍，非常珍贵，偶有所得，视为宝藏。正因为得来不易，读起书来，才又有悬梁刺股、囊萤映雪等等刻苦的事迹或传说。

书籍成为商品，是印刷术发明并稍有发展以后的事。保存下来的南宋印刷的书籍，书前或书后，都有专卖书籍的店铺名称牌记，这是书籍营业的开端。

什么东西，一旦成为商品，有时虽然定价也很高，但相对地说，它的价值就降低了。因为得来的机会，是大大地增多了。印刷术越进步，出版的数量越多，书籍的价格越低落。这是经济法则。

但不管书的定价多么便宜，究竟还是商品，有一定的读者对象，有一定的用场。到了明朝，开始有些地方官吏，把书籍作为礼物，进京时把它送给与他有关的上司或老师，当时叫作"书帕"。这种本子多系官衙刻版，钦定著作，印刷校对，都不精整，并不为真正学者所看重。但在官场，礼品重于读书，所以那些上司，还是乐于接受，列架收储，炫耀自己饱学，并对从远地带书来送的"门生"，加以青睐，有时还嘉奖几句：

"看来你这几年，在地方做官，案牍之余，还是没有忘记读书啊！政绩一定也很可观了。可喜，可贺！"

你想，送书的人，既不担纳贿之名，致干法纪，又听到老师或上司的这种语言，能不手舞足蹈而进一步飘飘然吗？书帕中如果有自己的著作，经过老师广为延誉，还可能得奖。

但这究竟是送礼，并不是白捡。小时赶庙会，摆在小贩木架上的书买不起，却遇到一个农民模样的人，背来一口袋小书，散一些在戏台前面地方，任人翻阅，并且白送。这确曾使我喜出望外，并有些莫名其妙了。天下还有不要钱的书？蹲在地上，小心翼翼地挑了两本，都是福音，纸张印刷，都很好，远非小贩卖的石印小书可比。但来白捡的人士，好像也寥寥无几。后来才知道，这是天主教的宣传品。

参加革命工作以后，很长时间是供给制，除去鞋帽衣物以外，因为是战争环境，不记得发放过什么书籍。

发书最多也最频繁，是十年动乱后期，"批儒批孔"之时。这一段时间，发材料，成为机关干部日常生活中不可分割的一部分。见面的时候，总是问："你们那里有什么新的材料，给我来一点好吗？"

几乎每天，"发材料"要占去上班时间的大半。大家争先恐后，争多恐少，捆载回家，堆在床下，成为一种生活"乐趣"。过上一段时间，又作为废品，卖给小贩，小本每斤一角二分，大本每斤一角八分。收这种废品的小贩，每日每时，沿街呼喊，不绝于路。

我不知道，有没有收藏家或图书馆，专门收集那些年的所谓"材料"，如果列一目录，那将是很可观的，也是很有意义的。而且有些"材料"，虽是胡说八道，浅薄可笑，但用以印刷的纸张，却是贵重的道林纸，当时印词书字典，也得不到的。

以上是十年动乱时期的情况。目前，赠书发书的现象，也不能就说是很少见了。什么事，不管合理不合理，一旦形成习惯，就不好改变。现在有的刊物，据说每期赠送之数，以千计；有的书籍，每册赠送之数，以百计。

赠送出去这么多，难道每一本都落到了真正需要、真正与工作有关的人士手中了吗？

旧社会，鲁迅的作品，每次印刷，也不过是一千本。鲁迅虽称慷慨，据记载，每次赠送，也不过是他那几位学生朋友。出版鲁迅著作最多的北新书局，是私人出版商，而且每本书后面，都有鲁迅的印花，大概不肯也不能大量赠送。

从另一方面说，鲁迅在当时文坛，可以说是权威，看来当时的书店或杂志社，也并没有把每一本新书，每一期杂志，都赠送给他。鲁迅需要书，都要托人到商务印书馆或北新书局去买。

书籍虽属商品，但究竟不是日用百货，对每人每户都有用。不宜于大赠送、大甩卖，那样就会降低书籍的身价。而且对于"读书"，也不会有好处。

一九八二年七月二十五日雨

谈稿费

卖文为生，古已有之。有一出旧戏词中唱道："王先生在大街，把文章来卖；我见他文章好，请进府来。"请进来当家庭教师，还是解决生活问题。另一出旧戏，也有一个文人，想当家庭教师也难，他在大街吆喝："教书，教书。"没人买他的账，饥饿不过，就到人家地里去偷蔓菁吃，传为笑谈。

想写点稿子，换点稿费，帮助生活，这并没有什么不光彩。我在北平流浪的时候，就有过这个打算。弄了一年半载，要说完全失败，也不是事实，只得到大公报三块钱的稿费，开明书店两块钱的书券（只能用来买它出版的书，也好，我买了一本《子夜》）。

抗日战争时期，没有稿费一说。大家过那么苦的生活，谁还想到稿费？一九四一年，我在冀中写了《区村和连队的文学写作课本》，有十多万字。因为我是从边区文协来的，有帮助工作的性质，当时在冀中主持文化工作的王林同志，曾拟议给我买一支钢笔作为报酬，大概也没有成为事实，我就空手回去了。

一九四七年，这本书，在冀中新华书店铅印出版，那时我在家乡活动，一直步行，曾希望书店能给我些稿费，买一辆旧自行车。结果，可能是给了点稿费，但不过够买一个给自行车打气的气管的钱。

建国以后，有了稿费，这种措施，突然而又突出，很引起社会上的一些注目。其结果，究竟是利多，还是弊多，现行的如何，以后又该如何，都不在这篇文章的检讨和总结范围之内。不过，我可以断定：在十年动乱时，有些作家和他们的家属，遭遇那样悲惨，是和他们得到的稿费多，有直接关系。

一九四八年平分土地之时，周而复同志托周扬同志带给我一笔稿费，是在香港出版，题为《荷花淀》的一本小说集的稿费。那时我在饶阳农村工作，一时不能回家，物价又不断上涨，我托村里一个粮食小贩，代我籴了三斗小米，存在他家里。因为那时我父亲刚刚去世，家里只有老母、弱妻和几个孩子，没有劳动力，准备接济一下他们的生活。这可以说是我第一次得到写作的经济效益。

现在，国家正推行新的经济政策和这方面的宣传，社会以及作家本身对稿费一事，是什么看法，我就不太清楚了。我只是想对有志于文学的青年，说明这样一个道理：各种工作，对国家社会的各种贡献，都应该得到合理的报酬，文学事业也不例外，但也不能太突出。另外，得到稿费，是写作有了真正成绩，达到了发表水平的结果，并不是从事文学工作的前提。真正成绩的出现，要经过一段艰苦的努力，这种努力有时需要十年，有时需要二十年，各人的情况不等。文章不能发表，主要是个人努力不够功夫不到所致，大多数，并非是客观环境硬给安排的不幸下场。不要只看见别人的"名利兼收"，就断定这是碰命运轻而易举的事，草草成篇，扔出去就会换回钞票来。那是要耽误自己的。

一九八二年十二月八日

谈 师

新年又到了。每到年关,我总是用两天时间,闭门思过:这一年的言行,有哪些主要错误? 它的根源何在? 影响如何?

今年想到的,还是过去检讨过的:"好为人师"。这个"好"字,并非说我在这一年中,继续沽名钓誉,延揽束脩。而是对别人的称师道友,还没有做到深拒固闭,严格谢绝,并对以师名相加者进行解释,请他收回成命。

思过之余,也读了一些书。先读的是韩愈的《师说》。韩愈是主张有师的,他想当别人的师,还说明了很多非有师不可的道理。再读了柳宗元的《答韦中立论师道书》。柳宗元是不主张为人师的。他说,当今之世,谈论"师道",正如谈论"生道"一样是可笑的,并且嘲笑了韩愈的主张和做法。话是这样说,柳宗元在信中,还是执行了为师之道,他把自己一生做文章的体会和经验,系统地、全面地、精到地、透彻地总结为下面一段话:

故吾每为文章,未尝敢以轻心掉之,惧其剽而不留也;

> 未尝敢以怠心易之，惧其弛而不严也；未尝敢以昏气出之，惧其昧没而杂也；未尝敢以矜气作之，惧其偃蹇而骄也。……

来信者正是向他求问为文之道，需索的正是这些东西，这实际上等于是做了人家的老师。

近几年来，又有人称呼我为老师了。最初，我以为这不过是像前些年的"李师傅、张师傅"一样，听任人们胡喊乱叫去算了。久而久之，才觉得并不如此简单，特别是在文艺界，不只称师者的用心、目的，各有不同；而且，既然你听之任之，就要承担一些责任和义务。例如对学生只能帮忙、捧场、恭维、感谢，稍一不周，便要追问"师道何在？"等等。

最主要的，是目前我还活着，还有记忆，还有时要写文章。我所写的回忆文章，不能不牵扯到一些朋友、师长，一些所谓的学生。他们的优点，固然必须提到，他们的缺点和错误，有时在笔下也难避免。人非圣贤，孰能无过？

是的，我写回忆，是写亲身的经历，亲身的感受。有时信笔直书，真情流放，我会忘记了自己，忘记了亲属，忘记了朋友师生。就是说这样写下去，对自己是否有利，对别人是否有妨？已经有不少这样的例证，我常常为此痛苦，而又不能自制。

近几年，我写的回忆，有关"四人帮"肆虐时期者甚多。关于这一段的回忆，凡我所记，都是我亲眼所见，亲身所受，六神所注，生命所关。镂心刻骨，印象是非常鲜明清楚的。在写作时，瞻前顾后，字斟句酌，态度也是严肃的。发表以后，我还惟恐不翔实，遇见机会，就向知情者探问，征求意见。

当然，就是这样，由于前面说过的原因，在一些具体问题上，还是难免有出入，或有时说得不清楚。但人物的基本形象，场面的基本气氛，一些人当时的神气和派头，是不会错的，万无一失的。绝非我主观臆造，能把他们推向那个位置的。

我写文章，向来对事不对人，更从来不会有意给人加上什么政治渲染，这是有言行可查的。但是近来发现，有一种人，有两大特征：一是善于忘记他自己的过去，并希望别人也忘记；二是特别注意文章里的"政治色彩"，一旦影影绰绰地看到别人写了自己一点什么，就口口声声地喊："这是政治呀！"这是他们从那边带过来的老脾气、老习惯吧？

呜呼！现在人和人的关系，真像《红楼梦》里说的："小心弄着驴皮影儿，千万别捅破这张纸儿。"捅破了一点，就有人警告你要注意生前和身后的事了。老实说，我是九死余生，对于生前也好，身后也好，很少考虑。考虑也没用，谁知道天下事要怎样变化呢？今日之不能知明日如何，正与昨日之不能知今日如何相等。当然，有时我也担心，"四人帮"有朝一日，会不会死灰复燃呢？如果那样，我确实就凶多吉少了。但恐怕也不那么容易吧，大多数人都觉悟了。而且，我也活不了几年了。

至于青年朋友，来日方长，前程似锦，我也就不必高攀，祝愿他们好自为之吧。

我也不是绝对不想一想身后的事。有时我也想，趁着还能写几个字，最好把自己和一些人的真实关系写一写，以后彼此之间，就不要再赶趁得那么热闹，凑合得那么近乎，要求得那么苛，责难得那么深了。大家都乐得安闲一些。这也算是广见闻、正视听的一途吧，也免得身后另生歧异。

因此，最后决定：除去我在育德中学、平民学校教过的那一班女生，同口小学教过的三班学生，彼此可以称做师生之外；抗战学院、华北联大、鲁艺文学系，都属于短期训练班，称做师生勉强可以。至于文艺同行之间，虽年龄有所悬殊，进业有所先后，都不敢再受此等称呼了。自本文发表之日起实行之。

一九八二年十二月二十三日下午一时三十分

谈　友

《史记》:"廉颇之免长平归也,失势之时,故客尽去。及复用为将,客又复至。廉颇曰:客退矣! 客曰:吁! 君何见之晚也! 夫天下以市道交:君有势,我则从君;君无势则去,此固其理也,有何怨乎!"

这当然记的是要人,是名将,非一般平民寒士可比。但司马迁的这段描述,恐怕也适用于一般人。因为他记述的是人之常情,社会风气,谁看了也能领会其妙处的。

他所记的这些"客",古时叫作门客,后世称做幕僚,曹雪芹名之为清客,鲁迅呼之为帮闲。大体意思是相同的,心理状态也是一致的。不过经司马迁这样一提炼,这些"客"倒有些可爱之处,即非常坦率,如果我是廉颇,一定把他们留下来继续共事的。

问题在于,司马迁为什么把这些琐事记在一员名将的传记里? 这倒是从事文学创作的人,应该有所思虑的。我认为,这是司马迁的人生体验,有切肤之痛,所以遇到机会,他就把这一素材做了生动突出的叙述。

司马迁在一篇叙述自己身世的文章里说:"家贫不足以自赎。交游莫救,左右亲近不为一言。"柳宗元在谈到自己的不幸遭遇时,也说:"平居闭门,口舌无数。况又有久与游者,乃岌岌而掺其间哉!"

这都是对"友"的伤心悟道之言。非伤心不能悟道,而非悟道不能伤心也!

但是,对于朋友,是不能要求太严,有时要能谅。谅是朋友之道中很重要的一条。评价友谊,要和历史环境、时代气氛联系起来。比如说,司马迁身遭不幸,是因为他书呆子气,触怒了汉武帝,以致身下蚕室。朋友们不都是书呆子,谁也不愿意去碰一碰腐刑之苦。不替他说话,是情有可原的。当然,历史上有很多美丽动听的故事,什么摔琴呀,挂剑呀,那究竟都是传说,而且大半出现在太平盛世。柳宗元的话,倒有些新的经验,那就是"久与游者"与"岌岌而掺其间"。

例如在前些年的动乱时期,那些大字报、大批判、揭发材料,就常常证实柳氏经验。那是非常时期,有的人在政治风暴袭来时,有些害怕,抢先与原来"过从甚密"的人,划清一下界限,也是情有可原的。高尔基的名作《海燕之歌》,歌颂了那么一种勇敢的鸟,能与暴风雨搏斗。那究竟是自然界的暴风雨。如果是"四人帮"时期的政治暴风雨,我看多么勇敢的鸟,也要销声敛迹。

但是,当时的确有些人,并不害怕这种政治暴风雨,而是欢呼这种暴风雨,并且在这种暴风雨中扶摇直上了。也有人想扶摇而没能扶摇上去。如果有这样的朋友，那倒是要细察一下他在这中间的言行，该忘的忘，该谅的谅，该记的记，不能不小心一二了。

随着"四人帮"的倒台，这些人也像骆宾王的诗句："倏忽搏风生羽翼，须臾失浪委泥沙。"又降落到地平面上来了，当今政策宽大，多数平安无恙。

既是朋友，所谓直、所谓谅，都是两方面的事，应该是对等相待的。但有一些翻政治跟头翻惯了的人，是最能利用当前的环境和口号的。例如你稍稍批评他过去的一些事，他就会说，不是实事求是呀，极不严肃呀，政治色彩呀。好像他过去的所作所为、所言所行，都与政治无关，都是很严肃、很实事求是的。对于这样的朋友，不交也罢。

当然，可不与之为友，但也不可与之为敌。

以上是就一般的朋友之道，发表一些也算是参禅悟道之言。

至于有一种所谓"小兄弟"、"哥们儿义气"之类的朋友，那属于另一种社会层和意识形态，不在本文论列之内，故从略。

一九八三年一月九日下午

谈文学与理想

××同志：

前两天，我看过了你寄来的小说，并于昨天，托人把剪报给你寄了回去。

这篇小说，生活和人物，都有现实的根据，但出自你的笔下，总给人一种低沉的感觉。我当时想，如果是我这个年岁写的，就合乎逻辑了。你这样年轻，写这种情调的小说，显然是早了一些。

我这种想法，并不合乎创作的规律。每个人的创作道路，不会相同，即使同时代的人，也不会一样，何况我们的年纪相差这样远，经历的道路如此不同！但是，作为一个同行，并对你有良好愿望的我，又好像了解一些你的思绪，你的企图，你的对人生的看法。

说是了解，是相对而言。我曾经对一位青年女作者说："我不了解你们这一代作家，更不了解你们作品中所写到的，那些比你们更年轻的一代，比如最近我读到的你的一篇小说里面的姐姐和妹妹。"她听了好像还有些不高兴，但我说的是真情实话。这可能和我好多年足不出户，与当代青年接触很少有关。

我了解我们这一代作家，也比较了解我们上一代的作家。我们这一代和我们上一代的作家，可以说绝大多数是知识分子，他们都有机会上过中学或大学，有的并留学外国。就是说，他们的当作家以前的生活，都是比较优裕的，有比较充实的学识修养。他们本身在执笔以前，并没有经受过什么饥寒之苦。然而他们的作品，却满怀同情劳苦的人民。他们经历的是大动荡，或者说是大变革的时代。比我们老的一代，遇到的是辛亥革命，民主革命。我们自己遇到的，则是民族革命，社会主义革命。

这两代作家，在从事写作之初，接受了世界上先进的革命思潮，受到国内革命力量的影响，加强了他们为人生而艺术的思想和意志。当然也有些作家，自觉地站在革命斗争旋涡之外，但他们的作品，不为当代所重视，因而影响甚微。

这两代作家的作品，在政治思想上，都有明显的倾向性。其中当然又有分别，有站在潮流之前的，有处在潮流之中的，也有远离潮流而只是心向往之的。但他们都是有理想，有支持自己写作的精神力量的。

这是时代，也可以说是这一时代的政治，对作家的强大的影响。政治与文艺无关的说法，从这两代作家的经历，证明是不可信的。

我青年时期也读过孔孟的书，老庄的书，韩非的书，都研进不深。也读过一些外国不同思想流派的文学作品，包括尼采的作品。也读过吴稚晖的书，梁漱溟的书，周作人的书。后来终于集中精力读新兴社会科学,十月革命文学和鲁迅的书。

这种选择,在当时,并非我一个人,社会上所有从事文学工作的青年人,都在向这方面探索追求。

三十年代初,我在北京流浪时,东安市场小书摊,在晚上都摆出一张马克思的相片。他们知道,凡是来这里买书的人,都从心里向往着革命。高尔基的肖像,对于这些青年,吸引力也很大。

抗日战争时期,我在晋察冀边区工作,唱过从西北战地服务团学来的一首歌,其中有一句:"为了建立人民共和国",这一句的曲调,委婉而昂扬,我们唱时都用颤音,非常激动。

那时候,引导作家们写作的,就是这些鲜明而有号召力的政治目标,经过无数人的流血牺牲,我们终于建立了中华人民共和国。这是我们这一代作家青壮年时期的历程总结。

我不了解你们这一代作家的学习过程、生活过程和所持理想的形成过程。但我知道,十年动乱,实际上对每个正直的人,都是一种意想不到的大不幸。你们看到了老一代作家的遭遇,老一代也看到了你们一代的遭遇。这种遭遇,不能不影响一个人的思想感情,特别是对于作家。我了解自己在这一时期,思想感情所经历的痛苦磨炼,但我对青年人的思想感情的变化,则所知甚少。作为一个作家,每时每刻,都和国家的命运联系在一起,不管任何处境,他不能不和广大人民,休戚相关。国家、人民的命运,就是作家的命运。

我们这一代,经历了国家和人民的苦难、斗争、曲折艰辛的时期。对作家来说,这很难认定是幸还是不幸。十年动乱是一个大悲剧，但整个历程并非都是悲剧。我不知道，你们这一代，如何评价我们的作品，以及如何看待我们的遭遇。我们遭遇的挫折，不应该引起你们对战斗的文学的失望。

现在，我们这一代，很多人的墓木已拱，有各式各样的下场，现在无须再去谈论它。文学事业正如其他事业，是不会停滞的，是不会间断的，是继往开来的。人民希望能有更多更有为的作家出现。他们和国家人民拥抱在一起，共同呼吸，有共同理想。

作家没有理想，就常常走到虚无主义那里去。虚无主义本身又永远不能成为一种人生的理想，只能导致作品和作家的沉落。历史上，很多有奇异才华的作家，就是在这个深渊里消失了。虚无主义不能成全作家。

在经历种种忧患之后，我时常警惕自己。

历史和现实，在不断运转，不断前进。推动历史，反映现实，作家有一份力量，但不能妄自尊大，以为自己会有多么了不起的作用。

忧国忧民，是中国文学的一个显著的传统。这一伟大传统，从古代歌谣，就充分表现出来了。历代的诗歌、小说、戏剧，都在继承这一传统。今天的作品，尤其需要发扬它。这是时代的大主题。

尊重和发扬我们民族的传统，包括文学艺术的传统，对当代的青年作家来说，恐怕是很重要的。

至于处世之间的一些苦恼，个人生活中的一些不愉快，这是随时都可以发生的。处理这些问题，最好用中国哲学的方法。不然就徒伤心神，无补实际。读书是用来帮助自己前进的，无论舟楫车轮，都可利用。

总之，多读一些中国历史，包括文学史，多读一些中国文学典籍，就会知道我们的民族是伟大的。历代产生的作家，遭遇虽多不幸，他们的工作，是无愧于自己的民族的。愿你多读多写。

一九八三年八月二十七日晨

谈改稿

传说《吕氏春秋》成书后，悬之国门，千金不能易一字。我常想：这可能是一种神话。事实上，任何人的文章，不会一个字也动不得。但又听说，当代有一位作家，前些年，他的一篇文章，被选入中学课本。编辑认为有一个字，需要改动一下，他不接受，请叶圣陶去和他说，他仍坚持不改，而终于改不成。这真的成为千金不易一字了。我不知道是一个什么字，所以也无法评议其是非。

如果关于吕氏之书的传说，是为了说明这部书，经过作者反复推敲修改，文字上已经完美无缺，没有多少指责的余地，那是可以理解的。对后来的作者，也是有教育意义的，但绝非说一个人的文章，可以做到一个字也不能改动。

"敝帚自珍"也是我们的一句老话。又有人说，人们偏爱自己的作品，像偏爱自己的孩子一样。但不管如何自珍与溺爱，总还是允许别人有所非议挑剔，当然，也要看非议挑剔得是否得当。

别人大砍大削我的文章，特别是已经发表过的文章，例如《荷花淀》，一处就删去八行，二百余字，这是我写过文章，表示过抗议的。前几年，有一位中学老师为一个部门编选业余教材，选上了《山地回忆》，寄来他对此文的修改清样。只是第一段，我就看到，他用各种符号，把原来文字，删来改去，勾画得像棋盘上走乱了的棋子一样。我确实是非常不愉快了。我想：我写的文章，既然如此不通，那你何必又去选它呢？

但是，对于编辑部提出的个别文字的修改，我从来是认真考虑，虚心接受的。因为我知道，我的修辞造句的功夫，并非那么深厚。

现在，大家又在推崇我们古代文字之美了，都在欣赏古文古诗。那些作品，读起来就是好，也真有它们的生命力。我体会到，古人的这些传世之作，其产生，固然因为作家的才力，更多的，恐怕是他们修改的功夫。他们的文章，篇幅都很短小，但绝不是一挥而就，就认为尽善尽美。而是改过若干次，即不是一次两次。传说王勃是才子，他的名作《滕王阁序》，也不会是没有修改就定稿的。

古人写了文章，很多是贴在墙上，来回地念诵，随时更易其文字。寄给朋友们看，征求意见。十天半月甚至半年一年地在那里用功。每一个字都印在心里。他们是这样写文章的。

越到老年，我越相信"好文章是改出来的"这句话。如果我们读书，不只读作家的发表之作，还有机会去研究他们的修改过程，对我们一定有更多的好处，可惜这方面的资料和书籍，很少很少。

一九八三年九月七日

谈读书

读书，主要靠自学。记得上中学时，精力旺盛，读书最多，也最专心。我们的国文老师，除去选些课文，在课堂给我们讲解外，就是介绍一些参考书，叫我们自己在课外去选择、去阅览。

文学非同科学，有时是可以无师自通的，只要个人努力。读书也没有准则，只有摸索着前进。读书和自己的志趣有关，一个人的志趣，常常因为时代、环境的变化，而有所改变。所以，就是师长给你介绍的书，也不一定就正中你的心意，正合你当时的爱好。

例如鲁迅先生给许世瑛开的十部书，是很有名的。但仔细一想，许世瑛那时年纪还小，他能读《全上古……文》或《四库全书总目》那类的古书吗？会有兴趣吗？但开这样一个书目，对他还是有好处的。使他知道：人世间有这样几部书，鲁迅先生是推重这些作品的。

现在，也常常有人叫我给他开个书目之类的单子，我是从来不开的。迫不得已，我就给他开些唐诗古文之类的书，这是书林中的菽粟，对谁也不会有害处的。我想：我读过的，你不一定去读，也不一定爱好。我没有读过的好书多得很。而我读书，是从来没有计划，是遇到什么就读什么的。其中，有些书读了，确实有好处，有些书却读不懂，有些书虽然读过了，却毫无所得。

根据以上这个经验，我后来读书，就知道有所选择了。先看前人的读书提要，了解一下书的作者及其内容。而古人的读书笔记，多是藏书记，只记他这本书，如何得来，如何珍贵，对内容含义，缺少正确的评价，这就只好又去碰了。

"开卷有益"，我常常这样安慰自己。

我的习惯，选择了一本书，我就要认真把它读完。半途而废的情况很少。其中我认为好的地方，就把它摘录在本子上。我爱惜书，不忍在书上涂写，或做什么记号，其实这是因小失大。读书，应该把随时的感想记在书眉上，读完一本，或读完一章，都应该把内容要点以及你的读后意见，记在章尾书后，供日后查考。读古书，这样做方便一些，因为所留天地很大，前后并有闲纸，现在印书，为了节省纸张，空白很少，只好写在纸条上，夹在书里面。不然年深日久，你读过的书就会遗忘，等于没有读。古人读书，都做提要，对作者身世，著作内容，做简要的叙述和评价，这个办法，很值得我们读书时取法。

青年人读书，常常和政治要求、文坛现状、时代思潮有关；也常常和个人遭遇，思想情绪有关。然而，总的趋势，是向前发展的，不是一成不变的。老年人的爱好，常常和青年人的爱好不大一样，这是很自然的，也不要相互勉强。

比如，我现在喜欢读一些字大行稀，赏心悦目的历史古书，不喜欢看文字密密麻麻，情节复杂奇幻的爱情小说，但这却是不能强求于青年人的。反过来说，青年人喜欢看乐意写的这样的小说，我也是宁可闲坐一会儿，不大喜欢去读的。

一九八三年九月八日晨雨

谈修辞

我在中学时，读过一本章锡琛的《修辞学概论》，也买过一本陈望道的《修辞学发凡》。后来觉得，修辞学只是一种学问，不能直接运用到写作上。

语言来自生活，文字来自书本。书读多了，群众语言听得熟了，自然就会写文章。脑子里老是记着修辞学上的许多格式，那是只有吃苦，写不成文章的。

古书上有一句话：修辞立其诚。这句话，我倒老是记在心里。把修辞和诚意联系起来，我觉得这是古人深思熟虑，得出来的独到见解。

通常，一谈到修辞，就是合乎语法，语言简洁，漂亮，多变化等等，其实不得要领。修辞的目的，是为了立诚，诚立然后辞修。这是语言文字的辩证法。

语言，在日常生活中，以及表现在文字上，如果是真诚感情的流露，不用修辞，就能有感人的力量。

"情见乎辞"，这就是言词已经传达了真诚的感情。

"振振有辞"、"念念有辞",这就很难说了。其中不真诚的成分可能不少,听者也就不一定会受感动。

所以说,有词不一定有诚,而只有真诚,才能使辞感动听者,达到修辞的目的。

苏秦、张仪,可谓善辩矣,但古人说:好辩而无诚,所谓利口覆邦国之人也。因此只能说是辞令家,不能说是文学家。作家的语言,也可以像苏秦、张仪那样的善辩,但必须出自创作的真诚,才能成为感人的文学语言。

就是苏秦,除了外交辞令,有时也说真诚的话,也能感动人。《战国策》载,苏秦不得志时,家人对他很冷淡,及至得志归里,家人态度大变。苏秦曰:"嗟乎!贫穷则父母不子,富贵则亲戚畏惧。人生世上,势位富贵,岂可忽乎哉!"这就叫情见乎辞。比他游说诸侯时说的话,真诚多了,也就近似文学语言了。

从事文学工作,欲求语言文字感人,必先从诚意做起。有的人为人不诚实,善观风色,察气候,施权术,耍两面,就不适于文学写作,可以在别的方面,求得发展。

凡是这种人写的文章,不只他们的小说,到处给人虚伪造作、投机取巧的感觉,就是一篇千把字的散文,看不上几句,也会使人有这种感觉。文学如明镜、清泉,不能掩饰虚伪。

一九八二年九月八日下午,雨仍在下着

谈评论

评论文章，并不是那么容易就能写好的。评论一个人难，评论一篇文章同样难。评论一个人，要能知人论世，设身处地。就是要把一个人，同他所处的时代、环境联系起来，才能客观，有可信性。评论一部作品，如果对作家的时代、环境，毫无所知，就作品评作品，其肤浅就可想而知了。

近年评论《红楼梦》的学者们，对于曹雪芹所处的时代环境，研究得可以说是广泛而周到了。但有些研究，简直与作品风马牛不相及，牵强附会，甚至虚假不可信。用这种资料，去研究作者以及作品，那也将是徒劳无益，甚至有害的。评论作品要靠对作家的了解，但如果了解得不准确，而自以为是，写出来的评论，就会更糟。

几十年来，在这个文艺圈子里，我们看到过或经受过各样的文艺评论。有些是声讨式的一篇大文，赫然出现在大报上，情况严重，声势浩大，立刻使所有执笔为文者，及其家属亲朋，都感到战栗。有些是吹捧式的，一部作品，经权威者发见，推崇备至，封为一流，遂使万人空巷，钟鼓齐鸣。这是两个极端，时间已证明多为荒谬，可以不必再去谈它。

党的三中全会以后，实事求是的文艺批评，重新为人们所提倡。但因为积重难返，真正做到这一点，还是很不容易的。鉴于过去棒喝主义的恶果太惨重，声讨式的评论文章，近来确是不常见了。吹捧式的评论，其数量虽不见减少，其程度——即吹捧的调门，却有渐渐降低的趋势。一般说来，目前的文艺批评，总的缺点，还是忽视艺术分析。具体说来，有如下几个方面：

一、架子太大，识见平常。很多文艺评论，文章很长，间架很大。好像不如此，不足以称为文学评论似的。这是一种传统习惯，而表现在文艺评论家那里，尤其显著。文章的规模，他们取法于古典批评家，而细观其学识和见解，又多不相称。

二、人云亦云，角度一样。读关于某一作家的评论，常感到这一点。当然谈的是一个人的作品，会有相同内容。但是在艺术分析方面，甚至所用词句方面，雷同之处甚多，读起来就缺乏兴味了。着眼的角度，也大体一致。不能另开途径，探讨新的领域，以丰富对这一作家的研究。

三、争执不下，没有准绳。现在，对于过去说是"有问题的作品"，叫作"有争议的作品"。在讨论时，总是有两种完全对立的意见：甲说很坏；乙说很好。争执一通，无结果而散。这就叫作争鸣吗？任何事物，总有一个衡量标准，定其质量。现在评论文章，不大提政治标准了。其实历代文艺批评，并非完全不顾政治。艺术标准，也不是抽象的，不会是各执一词，就可以罢休的。不能把文艺上的什么主义，或什么流派的主张，各有所好，随便拿来，作为衡量人间一切文艺的尺度。对于艺术，古今中外，总是把现实生活、民族传统、社会效果，作为评价取舍的标准的。

如果一个民族，能以其不断向上的正义的力量，维护着一个人心所向的道德标准；同样，这个民族，也就能维护着一个人民共同认识的艺术标准。

一九八三年九月九日晨

谈爱书

上

那天，有一位客人来闲谈。他问："听说，你写的稿子，编辑不能改动一个字。另外，到你这里来，千万不要提借书的事。都是真的吗？"

我回答说：

关于稿子的事，这里先不谈。关于借书的事，传说的也不尽属实。我喜爱书，珍惜书。要用的书，即是所谓藏书，我确是不愿意借出去的。但是，对我用处不大，我也不大喜欢的书，我是宁可送给别人，不要他归还的。我有一种洁癖，看书有自己的习惯。别人借去，总是要有些污损。例如，这个书架上的杂志和书，院里院外的孩子们要看，我都是装上封套，送给他们。他们拿回去怎样看，我就管不了许多。

即使是我喜爱的书，在一种特殊的时机，我也是可以慷慨送人的。例如抗日战争爆发以后，许多同志都到我家拿过书，大敌当前，身家性命都不保，同志们把书拿出去，增加知识，为抗日增加一分力量，何乐而不为？王林、路一、陈乔，都曾打开我的书箱，挑拣过书籍。有的自己看，有的选择有用的材料，油印流传。这些书，都是我从中学求学，北平流浪，同口教书，节衣缩食买下来，平日惜如性命的。

十年动乱开始，我的书共十书柜，全部被抄。我的老伴，知道书是我的性命，非常难过。看看我的面色，却很冷漠，她奇怪了。还以为我能临事不惊，心胸宽阔呢。当时，我只对她说：

"书是小事。"

有些书，我确是不轻易外借的。比如《金瓶梅》这部书，我买的是解放后国家影印的本子。二十四册，两布函，价五十元。动乱之前，就常常有同志想看，知道我的毛病，又不好意思说。有的人拐弯抹角：

"我想借你部书看。"

我说：

"什么书？新出版的诗集、小说，都在这个书架上，你随便挑吧！"

"不。"他说，"我想借一部旧书看看。"

"那也好。"我心里已经明白七分，"这里有一部新印的《聊斋》。"

他好像也明白了，不再说话。

抄去的书籍还能够发还，正如人能从这场灾难中活过来，原是我意想不到的。但终于说是要落实政策了，但就是不发还这一部。我心里已经有底,知道有人想借机扣下,就是不放弃。过了半年,还是有权者给说了话,才答应给我。这一天,报社的革委会主任,把我叫到政工组的内间。我以为他有什么公事,要和我谈。坐下来后,他说:

"听说要发还你那部书了,我想借去看看。"

"可以。"他是革委会主任,我不便拒绝,说,"最好快一些,另外,请不要外传。"

政工组到查抄办公室,把书领回来,就直接交到他手里去了。那是我未曾触手的一部新书,还好,他送给我时,污损不大。时间也不太长。我想他不一定通读,而是选读。

过去,《金瓶梅词话》的洁本出版以后,北平书摊上,忽然出现一本小书,封面上画着一只金色的瓶子,上面插着一枝梅花,写着"补遗"二字。定价高昂,对于只想看"那一部分"的读者,大敲竹杠。我很后悔没有买下一本,应付来借这部书的人们。

客人又问:

"从你写的一些文章看,你的家庭,并不是书香门第,那你为什么从幼年就爱上了书呢?"

我答:我幼年时,我家里,可以说是一本书也没有。我的父亲,只念过二年私塾,然后经招赘在本村的一个山西人,介绍到祁州(后来改称安国县)一家店铺去学徒。家境很不好,祖父一直盼望父亲能吃上一点股份,没有等到就去世了。祖父的死,甚至难以为葬,同事们劝父亲"打秋风",父亲不愿,借贷了一些钱,才出了殡。这是母亲告诉我的。父亲没有多读书,但看到我的兄弟们都已夭殇，我又多病，既不能务农，又因娇惯也不能低声下气去侍候人——学徒。眼下家境好些了，所以决定让我读书。我记得从我上学起，父亲给我买过一部《曾文正公家书》，从别人要来一本《京剧大观》，还交给过我一本他亲手抄录的、本县一位姓阎的翰林，放学政时在路途上写的诗。父亲好写字，家里还有一些破旧的字帖。

我的书都是后来我做事，慢慢买起来的，父亲也从不干预。但父亲很早就看出我是个无能之辈，不会有多大出息，暗暗有些失望了。

下

我喜爱书，在乡里也小有名声。我十七岁，与黄城王姓结婚。结婚后的年节，要去住丈人家。这在旧社会，被看做是人生一大快事，与金榜题名、作品获奖相等。因为到那里，不只被称作娇客，吃得很好，而且有她的姐妹兄弟，陪着玩。在正月，就是大家在一起摸纸牌。围在一起，说说笑笑，打打闹闹，其乐可以说是无穷的。但我对这些事没有兴趣。她家外院有一间闲屋，里面有几部旧书，也不知是哪一辈传流下来的，满是灰尘。我把书抱回屋里，埋头去看。别人来叫，她催我去，我也不动。这样，在她们村里，就有两种传说：老年人说我到底是个念书人；姑娘们说我是个书呆子，不合群。

我的一生，虽说是与书结下了不解之缘，中间也有间断。

一九五六年秋末，我得了严重的神经衰弱症。经过长期失眠，我的心神好像失落了，我觉得马上就要死，天地间突然暗了一色。我非常悲观，对什么也没有了兴趣，平日喜爱的书，再也无心去看。在北京的一家医院医治时，一位大夫曾把他的唐诗宋词拿来，试图恢复我的爱好，我连动都没动。三个月后，我到小汤山疗养院。附近有一家新华书店，里面有一些书，是城里不好买到的，我到那里买了一部《拍案惊奇》和一本《唐才子传》，这证明我的病，经过大自然的陶泄，已经好了许多。

半年以后，我又转到青岛疗养。住在正阳关路十号。路两旁是一色的紫薇花树。每星期，有车进市里，我不买别的东西，专逛书店。我买了不少丛书集成的零本，看完后还有心思包扎好，寄回家中。吹过海风，我的身体更进一步好转了。

十年动乱，我的书没有了，后来领到一小本四合一的红宝书。第一次开批判会，我忘记带上，被罚站两个小时，从此就一直带在身上，随时念诵。一是对领袖尊敬，二是爱护书籍的习惯没改，这本小书，用了几年，还是很干净整齐。别人的，都摸成黑色了。

客："可不可以这样说：你的有生之年，就是爱书之日呢？"

我说：这也很难说。我的书，经过几次沧桑，已如上述。书籍发还以后，我对它们还是有一种久别重逢的感情的。从今年起，我对书的感情渐渐淡漠了，不愿再去整理。这恐怕是和年岁有关，是大限将临的一种征兆。也很少买书了。前些天，托人买了一部《文苑英华》，一看字缩印得那样小，本子装订得又那样厚，实在兴趣索然。本来还想买一部《册府元龟》的，也作罢了。

我的生平，没有什么其他爱好。不用说声色犬马，就是打扑克、下象棋，我也不会。对于衣食器用，你都看见了，我一向是随随便便，得过且过的。但进城以后，有些稿费，既对别的事物无多需求，旧习不改，就想多买书。其实也看不了许多，想当一个藏书家。"文化大革命"期间，有人说我是聚浮财，有人说我是玩书。玩人丧德，玩物丧志，玩书又将如何呢？这就很难说清楚了。黄丕烈、陆心源都是藏书家，也可以说都是玩书的人。不过人家钱多，玩得大方一些，我钱少，玩得小气一些。人无他好，又无他能，有些余力，就只好爱爱书吧。

　　我死以后，是打算把一些有用的书，捐献给国家的，虽然并没有什么珍本。不过包书皮上，我多有糊涂乱写，想在近期清理一下，以免贻笑后世。

一九八三年九月十九日夜记

爱书续谈

客：读书首先要知道爱书。不过，请原谅，像你这样爱书，体贴入微，一尘不染，是否也有些过火，别人不好做到呢？

答：是这样，不能强求于人，我也觉得有些好笑。年轻时在家里读书，书放在妻子陪嫁的红柜里。妻子对我爱书的嘲笑，有八个字："轻拿轻放，拿拿放放。"书籍是求知的工具，而且只是求知的手段之一，主在利用。清朝一部笔记里说：到有藏书的人家去，看到谁家的书崭新，插架整齐，他家的子弟，一定是不读书，没有学问的。看到谁家的书零乱破败，散放各处，这家的子弟，才是真正读书的人。这恐怕也是经验之谈。我的书，我喜爱的书，我的孩子们是不能乱动的。我有时看到别人家，床上、地下、窗台、厕所，到处堆放着书，好像主人走到哪里，坐在何处，随时随地，都可以拿起来阅读，也确实感到方便，认为是读书的一种好方法。但就是改不了自己的老习惯。我的书，看过以后，总是要归还原处，放进书柜的。中国旧医书上说有一种疾病，叫做"书痴"，我的行为，庶几近之。

客：这也难说。我看你在日常生活中，不只对书，对什么东西，也是珍惜，不肯抛废。这是否和长期过艰苦生活有关呢？

答：我们已经谈过，我自幼家境并不好，看到母亲、妻子终日织纺，一粒粮食，得来不易，我很早就养成了一种俭朴的生活习惯，有时颇近于农民的吝惜。直到现在，还是如此，我已经描写在一篇小说之中，作为自嘲。

抗日战争和解放战争期间，我离乡背井，可以说是穷到一无所有。行军时，只有一根六道木棍子和一个用破裤子缝成的所谓书包，是我惟一的私有财产。我对它们也是爱护备至，唯恐丢掉。特别是那根棍子，就像是孙悟空手里那根金箍棒一样，时刻不离手，从晋察冀拿到延安，又从延安拿到华北。你看，人总是有一点私有观念，根深蒂固，即使只剩下一点破烂，也像叫花子，不肯放下那根破枣木棍儿。但是，就在这种情况下，我的破书包里，还总是带着一本书，准备休息时阅读。我带过《毁灭》、《呐喊》、《彷徨》，也带过《楚辞》和线装的《孟子》。那时行军，书带多了，是走不动的，我就选择轻便的书带上。

客：你读书，有没有目的性？或者说，从什么时候开始，你的读书，才是自觉的，有所追求的呢？

答：幼年读书，可以说是没有目的的，上小学是为了识字，看小说，是叫作看闲书。《红楼梦》、《封神演义》，是我在本村借来看的。如果说读书，是为了追求什么，那应该从我读高中说起。这时，我已经十九岁，东北"九一八"事变，上海"一二八"战事，接连发生，这是国家民族的处境。我个人的处境是初中毕业，没有生活出路，父亲又勉强叫我再上二年高中。高中毕业以后，又将如何，实在茫然。人在青年，对国家，对家庭，对周围环境，对个人，总是有很多幻想，很多希望与失望，感慨和不平的。但我并没有斗争的勇气，也没有参加过什么实际的革命活动。我处在一种隐隐的忧闷之中彷徨不定，想从书本上，得到一些启示，一些安慰，一些陶醉。

读书是一种文化活动，文化活动总是带有时代特点。青年读书，总是顺应时代思想的潮流的。这一时期，我读了大量的新兴社会科学和新兴革命文学的书籍，这对于我后来参加抗日战争，无疑是一种起主导作用的推动力。所以说，二十岁上下时的读书，虽然目的性并不明确，但对国家民族的解放和进步，对自身生活、思想的解放和进步的向往和追求，还是有意识的，而且是很强烈的。

我应该感谢书籍，它对我有很大的救助力量。它使我在青春期，没有陷入苦恼的深渊，一沉不起。对现实生活，没有失去信心。它时常给我以憧憬，以希望，以启示。在我流浪北平街头，衣食不继时，它躺在街头小摊上，蓬头垢面与我邂逅。风尘之中，成为莫逆。当我在荒村教书时，一盏孤灯，一卷行李，它陪我度过了无数孤独的夜晚，直到雄鸡晓啼。在阜平草棚，延安窑洞，它都伴我枯寂，给我营养，使我奋发。此情此景，直到目前，并无改变。一往情深，矢志不移，白头偕老，可谓此矣。我对它珍惜一点，溺爱一点，也是情理之常，不足为怪了。

一九八三年九月二十二日

我和古书

我的读书过程,可以分成几个阶段。从小学到初中,可以说是启蒙阶段,接受师长教育。高中到教书,可以说是追求探索阶段。抗日战争到解放战争,可以说是学以致用阶段。进城以后,可以说是广事购求,多方涉猎,想当藏书家的阶段。

可以从第三阶段说起。抗日战争时期,在冀中区,我们油印出版过一些小册子,其中包括苏联十月革命以后的文艺创作和新的文学理论。这些书,都是我在三十年代研究和学习过的。我所写的文艺方面的论文和初期的创作,明显地受这些理论和作品的影响,例如我的第一篇小说《一天的工作》和第一篇论文《现实主义文学论》。所以说,这是"学以致用"的阶段。我们在这一时期的工作,虽然幼稚,但今天看起来,它在根据地的影响,还是很深远的。

我在三十年代初所学习的文艺方面以及社会科学方面的知识,都尽量应用在抗日工作中去,献出了我微薄的力量。另外,在实际工作中,又得以充实自己,发展所学,增长了工作的能力。

为什么进城以后，我又爱好起古书来呢？

我小的时候，上的是国民小学，没有读过四书五经。不知为什么，总觉得是一个缺陷。中学时，我想自学补课，跑到商务印书馆，买了一部四书，没有能读下去，就转向新兴的社会科学去了。直到现在，很多古籍，如不看注，还是读不好，就是因为没有打下基础。初进城时，薪俸微薄，我还是在冷摊上买些破旧书，也包括古籍，但是很零碎，没有系统。以后，收入多了一些，我才慢慢收集经、史、子、集四方面的书，但也很不完备。直到目前，我的二十四史，还缺宋书和南齐书两种，没有配全。认真读过的，也只有《史》、《汉》、《三国志》和《新五代史》几种。《资治通鉴》，读过一部分，《纲鉴易知录》通读过了。近人的历史著作，如夏曾佑的《中国古代史》，吕思勉的《隋唐五代史》，吴增祺《清史纲要》等，也粗略读过。

我还买一些非正史，即所谓载记一类的书：《十六国春秋》、《十国春秋》、《吴越备史》、《七家后汉书》等等。但对我来说，程度最适合的，莫过于司马光的《稽古录》。我买了不少的明末野史，宋人笔记，宋人轶事，明清笔记，都与历史有关。

《世说新语》一类的书，买得很多，直至近人的新世说。我喜爱买书，不只买一种版本，而是多方购求。《世说新语》，我有四种本子，除去明刊影印本两种，还有唐写本的影印本，后来的思贤讲舍的刻本。《太平广记》也有四种版本：石印，小木版，明刊影印，近年排印。《红楼梦》、《水浒》，版本种类也有数种，包括有正本，贯华堂本。还有《续水浒》、《荡寇志》。

各代文学总集，著名作家的文集，从汉魏到宋元，经过多年的搜集，可以说是略备。明清的总集别集，我没有多留心去买。我对这两朝的文章，抱有一点轻视的成见。但一些重要思想家、学术家和著名作家的书，还是买了几种。如黄梨洲、崔东壁、钱大昕、俞正燮、俞樾等。一些政治家，如徐光启、林则徐的文集，我也买了。钱谦益的两部集子也买了。

近代学者梁启超、章太炎，我买了他们的全集。王国维，我买了他的主要著作。近人邓之诚、岑仲勉的关于历史和地理的书，我也买了几种。黄侃、陈垣、余嘉锡的著作，也有几种。

我的藏书中，以小说类为最多，因为这有关本行。除去总集如《太平广记》、《说郛》、《顾氏文房小说》以外，张之洞的《书目答问》，小说家类，共开列三十六种，我差不多买齐了。其次是杂史类掌故之属，《书目答问》共开列二十一种，我买了一半多。再其次是儒家考订之属，我有二十六种。

刚进城时，新旧交替，书市上旧书很多，也很便宜。我们刚进来，两手空空，大部头的书，还是不敢问津。《四部丛刊》，我只是在小摊上，买一些零散的，陆续买了很多。以后手里有些钱，也就不便再买全部。因此，我的《四部丛刊》，无论初、二、三编，都是不全的，有黑纸的，也有白纸的，很不整齐。廿四史也同样，是先后零买的，木版、石印、铅印；大字、小字、方字、扁字，什么本子也有。其中以《四部备要》的本子为多。《四部备要》中其他方面的书，也占我所藏线装书的大部分。

谱录方面的书，也有一些，特别是书目。

我买书很杂，例如有一捆书（我的书自从抄家时捆上，就一直沿用这个办法）的书目为:《黄帝内经素问》、《蚕桑萃编》、《司牧安骥集》、《考工记图》、《郑和航海图》、《营造法式》、《花镜》……这并非证明我无书不读，只是说有一个时期，我是无书不买的。

一九八三年九月二十七日

我中学时课外阅读的情况

从一九二六年起,我在保定育德中学读书六年(初中四年,高中二年)。回忆在那一时期的课外阅读,印象较深的,有以下几个方面:

一、读报纸:每天下午课毕,我到阅览室读报。所读报纸,主要为天津的《大公报》和上海的《申报》,也读天津《益世报》和北平的《世界日报》,主要是看副刊。《大公报》副刊有《文艺》,《申报》有《自由谈》,前者多登创作,沈从文主编。后者多登杂文,黎烈文主编。当时以鲁迅作品为主。

二、读杂志:当时所读杂志有《小说月报》、《现代》、《北斗》、《文学月报》等,为文艺刊物,多左翼作家作品。《东方杂志》、《新中华》杂志、《读书杂志》、《中学生》杂志等,为综合杂志。当时《读书杂志》正讨论中国社会史问题,我很有兴趣。也读《申报月刊》和《国闻周报》(《大公报》出版)。

三、读社会科学:读了《政治经济学批判》、《费尔巴赫论》、《唯物论与经验批判论》等经典著作,以及当时翻译过来的苏联及日本学者所著经济学教程。如布哈林和河上肇等人的著作。

四、读自然科学：读《科学概论》、《生物学精义》，还读了一本通俗的人类发展史，书名叫《两条腿》，北新书局出版。

五、读旧书：读《四书集注》、庄子、孟子选本，楚辞、宋词选本。以及近代人著文言小说如《浮生六记》、《断鸿零雁记》等。

六、读文化史：先读赵景深《中国文学小史》，王冶秋《新文学小史》（载于《育德月刊》）、杨东莼《中国文化史》、胡适《白话文学史》、冯友兰《中国哲学史》。《欧洲文艺思潮》、《欧洲文学史》，日人盐谷温、青木正儿等人的有关中国文学著作。

七、读小说散文：《独秀文存》、《胡适文存》，鲁迅、周作人等译作，冰心、朱自清、老舍、废名作品，英法小说、泰戈尔作品。后来即专读左翼作家及苏联作家小说。

八、读文艺理论：读《文学概论》及当时文坛论战的文章，如鲁迅与创造社一些人的论战，后来的《文艺自由论辩》，及中外人写的唯物史观艺术论著。日本厨川白村、藏原惟人、秋田雨雀的著作，柯根《伟大的十年间文学》等。

九、读文字语言学：陈望道《修辞学发凡》、杨树达《词诠》、穆勒《名学纲要》，即逻辑学。

十、读人生观、宇宙观方面的书：记有吴稚晖、梁漱溟著作，忘记书名。

以上所记，主要是课外读物，多由教师介绍指导。中学生既无力多买书，也不大知道应该买哪些书，所以应该利用学校中的图书馆,并请教师指导。向同学师长借阅书籍,要按期归还,保持清洁。

一九八三年十月四日

谈"打"

我住的屋子，是旧式建筑。虽然高大，但采光不好，每到生炉子以前这一段时光，阴冷得很不好过。夜晚看书，也要披上一件大棉袄。

这件大棉袄，也很有年代了。是一九六六年冬天，老伴为我添制，应付出去"开会"穿的。在当时，这还算是时兴式样，现在很少见到有人穿了。我第一次穿着它去"开会"时，还有革命群众看不惯，好像说我没有资格再穿一件新棉袄。后来我就很少穿它，只穿一身破烂不堪像叫花子一样的衣服。

其实是枉然的。我眼前的文章，写的是赵树理的"最后五年"。说他只是回答了一句问话，就被一个素不相识的、五大三粗的汉子，当胸击了一拳，赵应声倒地，断了三根肋骨，终于造成他的死亡。

哪里来的这么大的仇恨？是出自无产阶级感情吗？好像又不是。因为文章说这只是一个"恶棍"。

一个恶棍，一拳打断一个作家的三根肋骨。在当时，这被称作"革命",现在读到这里,确是不能不感到身上有些发凉了。

在那些年月里,说句良心话,我是没有挨过多少打的。只是在干校单独出工时,冒犯了当地农场的几个坏孩子,当我正在低头操作时,一块馒头大小的碎砖飞来,正中我的头顶,如果不是戴着一顶棉帽,很可能脑浆飞迸,当场死亡了。

那时我被定上了一些罪名。有些人定我为某某"黑帮",这是出于他们的"常识",且不去谈它。又说我是某某和某某的死党。前者为本市的文教书记,后者为宣传部的副部长。这个罪名,一直延续到"文革"后期,好像是定论似的。最后一次叫我写材料,那位办事人还惋惜地说:

"看,和他们搞到了一起!"

对此,我从来没有辩解过,只是沉默着。我渐渐明白,这完全是一些人的政治权术。他们从以上两位得到的实惠,要比我多,关系也密切得多,却反过来说我是死党。那时候,革命群众要保一些人,也要打倒一些人。作家是没有人保的。保你干什么?你不过是一个作家,能给人家什么好处?打倒你,得罪了你,你也不过是一个作家,能有什么权力报复?所以,作家被首先打倒,这是理所当然的事。其实,他们也知道,我这个人落落寡合,个人主义严重,是很难与人结为死党的。

以上是对保与打的一般理解。但对那些打手的心理状态,又如何分析呢?我初步揣想,可能有以下几种情况:

一、对共产党有刻骨仇恨,借机报复。

二、不逞之徒想因缘林彪"四人帮"的政策上台,捞一官半职。

三、流氓无赖打蹭拳、充威风。

如果遭害者是一个作家，还有一种心理激动，那就是嫉妒。进城以后，有稿费一说，遂使一些人认为作家一行是摇钱树，日进斗金，羡慕非常。再加上江青倡言稿费是"不义之财"，乃打出手，以快其意。

其实像赵树理这样的作家，虽承担有钱的虚名，在他有生之日，是没有什么金钱欲，也没有享受过什么物质福的。他追求的是艺术成就，衣、食、住、行，都不及其他行当的人讲究。而一遇什么运动，他却常常被首先揪出示众，接连不断地作检讨。

赵树理的最后五年，过去又有好多岁月了。我想，像那个"五大三粗"的人，生活得还是很好的，也不会有什么忏悔之意吧。他可能打了一些人，也可能还保了一些人。这就很难说了。

看书看到这里，就越感到当前政治清明，太平盛世的可贵了。向前看吧！

一九八三年十月二十二日

改稿举例

这里说的改稿,不是我自己修改稿件,也不是我给别人修改稿件。是我近年给报刊投稿,编辑同志们,给我修改稿件。

他们这些修改,我都认为很好,我没有任何异议。在把这些文章编入集子的时候,我都采纳了他们的修改。

现就记忆所及,列举如下:

(一)《文集自叙》。这篇稿子,投寄《人民日报》。文章有一段概述我们这一代作家的生活、学习经历,涉及时代和社会,叙述浮泛,时空旷远。大概有三百余字,编辑部给删去了,在文末有所注明。在编入文集时,就是用的他们的改样。

因为,文章既是自叙,当以叙述个人的文学道路、文学见地为主。加一段论述同时代作家的文字,颇有横枝旁出之感。并且,那篇文章,每节文字都很简约,独有这一节文字如此繁衍,也不相称。这样一删,通篇的节奏,就更调和了。

(二)《谈爱书》。是一篇杂文。此稿投寄《人民日报·大地》。文中有一节,说人的爱好,各有不同。在干校时,遇到一个有"抱粗腿"爱好的人，一见造反派就五体投地，甚至栽赃陷害他以前抱过、而今失势的人。又举一例，说在青岛养病时，遇到青年时教过的一位女生，常约自己到公园去看猴子。文约二百余字，被删除。

既是谈爱书，以上二爱，与书有何瓜葛？显然不伦不类。作者在写作时，可能别有寓意，局外人又何以得知？

（三）《还乡》。此篇系小说，投寄《羊城晚报·花地》。文中叙述某县城招待所，那位不怎么样的主任，可能是一位局长的夫人。原文局长的职称具体，编辑给改为"什么局长"。这一改动，使具体一变而为笼统，别人看了，也就不会往自己身上拉，感到不快了。

其他为我改正写错的字，用错的标点，就不一一记述了。

（四）《玉华婶》。此篇亦系小说，投寄《文汇月刊》。文中曾记述：玉华婶年老了，她的儿媳们都不听她的话，敢于和她对骂。"并声称要杀老家伙的威风。"登出后，此句被删去。乍一看，觉得奇怪，再一想：这些年来，"老家伙"三字，常与"老干部"相连，编辑部删去，不过是怕引起误会。

这样说，好像编辑部有些神经过敏，过于谨小慎微了。其实不然。我认为：文艺领域就是个敏感的场所，当编辑的麻木不仁，还真担负不起这一重要职务。现在认真回想，我在写这一句话的时候，也未始没有从"老家伙"，联想到"老干部"，甚至联想到自己。编辑部把这一句话删去，虽稍损文义，我还是谅解其苦衷的。

(五)《吃饭的故事》。此篇系散文，投寄《光明日报·东风》。登出后，字句略有删节。一处是：我叙述战争年代，到处吃派饭，"近于乞讨"。一处是：我叙述每到一村，为了吃饭方便，"先结识几位青年妇女"，并用了"秀色可餐"一词。前者比喻不当，后者语言不周密，有污染之嫌。

　　我青年时，初登文域，编辑与写作，即同时进行。深知创作之苦，也深知编辑职责之难负。不记得有别人对自己稿件稍加改动，即盛气凌人的狂妄举动。倒是曾经因为对自己作品的过度贬抑菲薄，引起过伙伴们的不满。现在年老力衰，对于文章，更是未敢自信。以为文章一事，不胫而走，印出以后，追悔甚难。自己多加修改，固是防过之一途，编辑把关，也是难得的匡助。文兴之来，物我俱忘，信笔抒怀，岂能免过？有时主观不符实际，有时愤懑限于私情，都会招致失误，自陷悔尤。有识之编者，与作者能文心相印，扬其长而避其短，出于爱护之诚，加以斧正，这是应该感谢的。当然，修改不同于妄改，对那些出于私心，自以为是，肆意刁难，随意砍削他人文字的人，我还是有反感的。外界传言，我的文章，不能改动一字，不知起自何因。见此短文，或可稍有澄清。

一九八三年十二月十八日下午

实事求是与短文

现在,有的报刊,有的人,在提倡写短文章了,这是很好的事。

文章怎样才能写得又短又好?有时千言万语也说不清楚;有时说起来也很简单,这就是要"实事求是"。

把实事求是这四个字运用到写作上,正像把它运用到一切工作上,是会卓有成效的。

比如,你要写一篇散文,如果是记叙文,那就先写你亲身经历过的一件事,你长期接近过的一个人。如果是写感想,也必须写你深深体会过的,认真思考过的,对一种社会现象、一个人或一个事件,确曾有过的真实感想。

这些事件、人物、感想,都在你的身上、心上,有过很深刻的印象。然后你如实地把它们写出来,这就是"实事"。

一般说,实事最有说服力,也最能感动人。但是只有实事还不够。在写作时,你还要考虑:怎样才能把这一实事,交代得清楚,写得完美,使人读起来有兴味,读过以后,会受到好的影响和教育，这就是"求是"。

我们在课堂上，所学的课文，都很短小。初学作文时，老师也是这样教导的，我们也是这样去写作的。可是等到我们想当作家、想投稿了，就去拜读报刊上那些流行文章。那些文章都很长，看起来云山雾罩，也很唬人。正赶上自己的稿件没有"出路"，就以为自己的写法不入时，不时兴，于是就放弃了自己原来所学，追赶起"时髦"来，也去写那种冗长的、浮浮泛泛的、不知所云的文章了。大家都这样写，就形成了一种文风，不易改变的文风，老是嚷嚷着要短，也终于短不下来的文风。

文章短不下来的主要原因，就是忘记了写作上的实事求是。我们提倡写短文，首先就要提倡这四个字。返璞归真，用崇实的精神写文章。

当然文章好坏，并不单看长短。如果不实事求是，长文也不会写好的。我们这里着重谈的，是如何写好短文。

一九八三年十二月二十四日

谈简要

唐代刘知几的《史通》，是我喜欢的古籍之一种。读过以后，确实受益。能够受益的书，并不是很多的。

这部书主要是谈历史著作，刘知几说："夫国史之美者，以叙事为工；而叙事之工者，以简要为主。"

刘知几说，叙事可以有四种方法，也可以说是四种途径："盖叙事之体，其别有四：有直纪其才行者，有唯书其事迹者，有因言语而可知者，有假赞论而自见者。"

他的这些话，是对写历史的人说的，他的要求是：一个内容，用一种途径表达过了，就不要再用其他的途径重复表达了。

我们写文章却常常忽视这一点。比如写一个人物，他的事迹，在叙述中已经谈过了，在对话中又重复一次，或者在抒情中又重复一次，即使语言稍有变化，但仍然是浪费。

时代不同，我们现在当然不能再用《尚书》、《春秋》那样的文字去叙事。勉强那样去做，那倒是一种滑稽的事，是一种倒退。在语言的简练上，也不能像刘知几要求的那样严格，他说：

"始自两汉，迄乎三国，国史之文，日伤烦富。逮晋以降，流宕逾远。寻其冗句，摘其烦词，一行之间，必谬增数字；尺纸之内，恒虚费数行。"

他甚至举出《汉书·张苍传》中的一句话："年老口中无齿"为例，说："盖于此一句之内，去年及口中可矣。夫此六文成句，而三字妄加，此为烦字也。"这种挑剔，就有些不近情理了，不足为训。

文字的简练朴实，是文学作品的一种美的素质，不是文学作品的一种形式。文章短，句子短，字数少，不一定就是简朴。任何艺术，都要求朴素的美，原始的美，单纯的美。这是指艺术内在力量的表现手段，不是单单指的形式。凡是伟大的艺术家，都有他创作上的质朴的特点，但表现的形式并不相同。班马著史，叙事各有简要之功；韩柳为文，辞句各有质朴之美。因此才形成不同的风格。

文字的简要的形成，要有师承，要有一个学习的过程和锻炼的过程。一般地说，人越到晚年，他的文字越趋简朴，这不只与文字修养有关，也与把握现实、洞察世情有关。

我们现在，能按照鲁迅先生说的，写好文章以后，多看两遍，尽量把可有可无的字、句、段删除，也就可以了，不能苛求，不能以词害义。

一九八四年三月二十日

谈"印象记"

"印象记"这种文章,在中国,好像并不是古已有之的。"五四"前后,很少见到。三十年代才多起来,似乎是从日本传过来,又多是写作家的。我年轻时,就读过《高尔基印象记》、《秋田雨雀印象记》,等等。

青年人而又喜欢上了文学,就特别喜欢读一些有关作家的文字。其实有很多记述,是不大可靠的。因为是先入为主,如果不实,其受害的程度,很可能不轻。先不谈小报上那些名人逸事、文坛花絮之类的文章,就是在"印象记"这种貌似庄严又是身临亲见的记载里,可靠可信的东西,究竟有多少,我近来也有些怀疑了。

文章的可信与不可信,常常不在所写的对象如何,而在于作者本身的修养。

我们知道,每一个人,他的生活经历、生活现状,特别是思想感情的活动,是很复杂,很曲折,多变化,有时是难以捉摸,更难以判断的。你去会见一个作家,和他谈了一两个小时,便写下了几千字的印象记,你所得的印象,都能那么切合他的生活实际和思想实际吗?

比如说,你见到这位作家正在吃饭,桌上只有一碟咸菜,你就得到了生活简朴的印象。或者你去的时候,他正在啃着一只猪蹄,你就得到了一个饕餮的印象。这显然都不是这位作家吃饭的全貌。

一时一地的见闻,并非不能写。写下来,也不能说是不真实。但必须保持客观。写见到他吃咸菜,写见到他啃猪蹄,这都不可非议,因为是真实的见闻。如果就此得出结论:他是简朴,或是**饕餮**,那就失去真实了。

古往今来,写文章的人,最容易失败在主观判断上。

进入晚年,有幸看到一些关于我的印象记。作者的用心,都是良好的,对我都是热情的。虽然因为有过多溢美之词,使我读起来,常常惭怍交加,汗流浃背,总的说来,是令人振奋的,值得感激的。

如果排除个人的感情,单单评论文字,这些文章,确也存在着高下、虚实等等问题。

文章的功能,是因人而异的。是以作者的写作态度、艺术风格,分别优劣高低的。

六十年代,吕剑同志写过一篇同我的会见记,这篇文章,我曾推荐给出版社,作为我的一本小说集的附录。外文出版社曾几次刊用它。我对这篇文章,印象很好,它并没有吹嘘我,也没有发表作者本人的什么高见。它只是如实地记下了我们的那一次简单的会见，和我当时对他说的一些话。我当时谈的只是我的创作见解和创作情况。吕剑同志也没有代替我多去发挥。因此，这篇文章，是一篇真实的记录，对需要它的人，有比较大的参考用途。

另外，就是昨天读到的，铁凝同志写的一篇题名《套袖》的散文。她这篇文章，我接到《文汇报》以后，当晚看了两遍。这并非是从中看到了她对我的什么捧场，而是看到了她的从事创作的赤诚之心。铁凝的创作，一开始就带有这种赤诚，因此，她进步很快，迅速成为文坛瞩目的新人物。有些人还不得其解，视为神秘，其实就是因为"赤诚"两个字。我想，她是应该明了并珍惜自己的得天独厚之处的。

在文章中，她并没有说我好，当然也没有说我不好。她只是记下了几次来我家的所闻所见。虽然她见到的，有时还有些差错，比如，我捡的黄豆，是别人家晾晒时遗落的，并非同院人家种植的。这也无关重要，无伤大体。

客观地记下几次见闻，自己不下任何主观结论，叫读者从中形成自己的印象。这种写法，也可以说这种艺术手段，就必然比那种大惊小怪，急于赞美，并有意无意中显示点自己的什么写法，高出一等。

我读这种文章，内心是愉快的，也是明净的，就像观望清泉飞瀑一样。

一九八四年三月二日下午

文学与乡土

《农村青年》杂志就要创刊,编辑同志要我对农村爱好文学的青年讲几句话,我高兴地答应了。

我是在农村长大的,先后在农村生活、工作,近三十年。我很爱我的故乡,虽然它经历了长期的苦难和贫困,交通不便和文化落后,经历了频繁的战乱和天灾,无数农民流离失所。但我一直热爱它,留恋它,怀念它。直到现在,我已经很老了,还经常不断地做梦,在它那里流连忘返。

古今中外,都有许多作家,许多作品,描述他们的可爱的故乡。

农村是个神秘的,无所不包容,无所不能创造的天地。农村能产生桑麻,能产生五谷,能产生各种能工巧匠,当然也能产生艺术家、作家。

故乡,故乡的水土,故乡的风俗人情,在它产生的作家手中再现。

故乡,用母亲的乳汁,养育着它的歌手,像用它的水土培育禾苗树木一样。

故乡有遍地花开，有参天大树。谁对它的爱真诚、深厚，谁的根就扎得深，就越能吸到更多的乳汁。谁的发育也就会越好，长得高大茂盛。

俗话说："热土难离"。故乡就是文学的热土。

你越是热爱它，你就越能了解它，你就越能表现它。

故乡像诚朴的农民一样，像勤劳的母亲一样，不喜欢三心二意的、华而不实的孩子。

你如果爱好文学，你就得先热爱你的乡土。

当然，热爱乡土，熟悉乡土，还只是积累生活的过程。此外，还有积累知识的过程，熟练技巧的过程。

不能把你的眼光，只放在那一亩三分地上；也不能把你的感情，只放在孩子、老婆、热炕头上。

有些农民出身的作家，作品得不到长足的进步，就常常是因为眼光短小了一些。

一九八四年三月十七日午后

谈赠书

青年时,每出一本书,我总是郑重其事,签名赠给朋友们,同事们,师长们。这是青年时的一种兴致,一种想法,一种情谊。后来我病了,无书可赠,经过"文化大革命",这种赠书的习惯,几乎断绝。

这几年,我的书接连印了不少,我很少送人。除去出版社送我的二十本,我很少自己预定。我想:我所在地方的党政领导,文化界名流,出版社早就送去了,我用不着再送,以免重复。朋友们都上了年岁,视力不佳,兴趣也不在这上面,就不必送了。我的书大都是旧作,他们过去看过;新写的文章,没有深意,他们也不会去看的。

当然也有例外。近些年来有的同志,把书看成一种货物,一种交换品,或者说是流通品。我有一位老战友,从外地调到本市,正赶上《白洋淀纪事》重印出版。他先告诉我,给他在北京的小姨子寄一本,我照地址寄去了。他要我再送他一本,他住招待所,他把书送给了服务员。他再要一本,我又在书上签了名。他拿着书到街上去了。年纪大了尿频，他想找个地方小便。正好路过我所在的机关，他把书交给传达室说："我刚从某某那里出来，他还送我一本书哩。你们的厕所在什么地方？"

等他小解出来，也不再要那本书，扬长走去了。

传达室问："书哩？"

"你们看吧！"他摆摆手。他是想用这本书拉上关系，永远打开这座方便之门。

老战友直言不讳告诉我这些事。我作何感想？再赠他书，当然就有些戒心了，但是没有办法。他消息灵通，态度执着，每逢我出了书，还是有他的份。至于他怎样去处理，只好不闻不问。

这些年，素不相识的人，写信来要书的也不少。一般的，我是分别对待。对于那些先引证鲁迅如何在书店送书给青年等等范例的人，暂时不送。非其人而责以其人之事，不为也。对于那些先对我进行一大段吹捧，然后要书的人，暂时也不送。我有时看出：他这样的信，不只发向我一人。对于用很大篇幅，很多细节描述自己如何穷困，像写小说一样的人，也暂时不送。我想，他何不把这些心思，这些力量，用去写自己的作品？

我不是一个慷慨的人，是一个吝啬的人；不是一个多情的人，是一个薄情的人。

但是，对于那些也是素不相识，信上也没有向我要书，只是看到他们的信写得清楚，写得真挚；寄来的稿子，虽然不一定能够发表，但下了功夫，用了苦心的青年人，我总是主动地寄一本书去。按照他们的程度，他们的爱好，或是一本小说，或是一本散文，或是一本文论。如果说，这些年，我也赠过一些书，大部分就是送给这些人了。我觉得这样赠书，才能书得其所，才能使书发挥它的作用，得到重视和爱护。

我是穷学生出身，后又当薪给微薄的村塾教师，爱书爱了一辈子。积累的经验是：只有用自己劳动所得买来的书，才最知爱惜，对自己也最有用。公家发给的书，别处来的材料，就差一些。

鲁迅把别人送给他的书，单独放在一个书柜里。自己印了书，郑重地分赠学生和故交，这是先贤的古道。我虽然把别人送我的书，也单独放在一个书架上，却是开放的，孩子们和青年朋友们，可以随便翻阅，也可以拿走，去古道就很远了。

许寿裳和鲁迅是至交。鲁迅生前有新著作，总是送他一本的。鲁迅逝世之后，许寿裳向许广平要一本鲁迅的书，总是按价付款。这时许广平的生活，已经远不如鲁迅生前。这也是一种古道。

四川出版了我的小说选，那里的编辑同志，除赠书二十册外，又热情地代我买了五十册。我收到这些书以后，想到机关同组的同志，共事多年，应该每人送一本。书送去以后，竟争相传言：某某在发书，你快去领吧！

像那些年发材料一样热闹，使我非常败兴，就再也不愿做这种傻事了。

一九八四年十月二十二日

谈通俗文学

目前,通俗文学大兴,谈论通俗文学的文章,也多起来了,这是一个新势头。

按说,通俗,应该是一切文学作品的本质,不可缺少的属性。不知从什么时候起,文学作品被分为通俗的与不通俗的了。

关于文学的起源有种种说法。最初的文学是口头文学,这是没有争议的。既是口头文学,它的产生和后来的文字记录,都不存在通俗不通俗的问题。

中国的口头文学,包括说唱文学,从产生以后,一直持续下来,并没有中断过。文学史上说,"说话"这一形式,唐代已有,至宋而大兴,不过是就已有的文字记载而言。古人既然把小说,说成是街谈巷议,那就随时随地,都可以产生小说,而且都是通俗的作品。

口头文学,是通俗文学的最初的形式,也是最基本的形式,包括后来的"话本"和"拟话本",章回小说和演义小说。

口头文学虽然有天然的通俗禀赋,但并不是每篇作品都可以成功。有很多口头文学，随生随灭，行之不远。只有少数，记录为文字，才得以流传。宋人话本小说，最为著称。现存的七个短篇，几乎不用修饰润色，就已经是完整的文学作品。

有的最初流传的文字粗糙，经后来的大作家重新编写，成为新的通俗文学。如在《三国志平话》基础上，写出的《三国演义》；在《三藏取经诗话》基础上，写出的《西游记》；在《宣和遗事》基础上，渐渐演变成的《水浒》等等。这些作品的文学水平，大大超越了它的口头阶段，它的通俗的效用，也大大增强，大大推广了。

口头文学向文字创作的这一演变，成为每一个民族文学遗产形成和积累的规律。

典雅的唐人传奇小说，有的也是根据口头文学改写而成。白行简的《李娃传》，就是根据作者幼年听来的故事，写出来的。口头文学，一变而为古文传奇，可以说是从通俗变得不通俗了。但是，经过这一创作，才使这一题材流传千古。而最初的口头故事，早已失传。其"通俗"的范围，也可以说是加大了。当然因改编者才力不等，失败之作也不少。文学规律千变万化，不能刻舟求剑。

自宋迄清，通俗小说甚多，据专家著录，小说名目，有八百余种，还都是有过刻本的。流传下来的，却非常寥寥。我幼年时，在乡村庙会所见，书摊陈列的石印劣纸小字通俗小说，包括供说唱用的小说，也不过十几种。后来进入城市，在学校图书馆或书市所见，通俗小说的种类也很少。可见所谓通俗小说，大多数寿命很短，以后就消亡了。

考其原因，这些作品，出自两途：一为说书艺人，艺人胆大，兴到之处，时有发挥；一为失意文士，泥于史实，囿于理教，所作多酸腐。这两种人，多数学识浅薄，文字修养薄弱。其写作的目的，只是为了糊口，度过一时的生活困难。虽极力迎合群众的低级趣味，因为实在缺乏文学吸引力，不能受到欢迎。

其次，旧社会读书识字的人很少，花钱买书的人就更少。有能力读书并有钱买书的人，对书籍还要选择一下。不识字的人，即使写得多么通俗，也还要借助说讲演唱。如果写得干燥无味，艺人们也不会选用。

通俗小说，过去也被称做闲书，是为了叫人消愁解闷的。消愁解闷，也需要一定的艺术手段。人世间，不会有真正的闲书，正如没有真正的净土一样。真正的闲书，是没有人看的，也不会存在。

通俗文学，是一种文学，它标榜的是："话须通俗方传远，语必关风始动人。"在艺术上，也是不厌其高，只厌其低的。《三国演义》、《水浒传》，都是通俗文学，也被公认是民族文学的高峰。任何艺术，都需要通俗，都需要雅俗共赏。通俗文学，不应该是文学作品的自贬身价的口实。

每个时代，都有远见卓识的文人，为文学的通俗而努力。在理论和创作实践上，都有过重大的贡献，许多作家的文集，都编入他们所写的通俗作品。在政治变革时期，通俗文学尤其为人重视。例如清朝末年，梁启超的文学主张，以及他所写的政治小说。

"五四"新文学，实际是文学总体上的一次通俗运动。"左联"时期，推动了文学的大众化。"九一八"事变以后，瞿秋白同志写了很多通俗文学作品，抗日战争时期，解放区的文学，在通俗方面作了极大的努力，成绩也很可观。

"五四"以后，传统的通俗文学，并不兴旺。"五四"新文学运动，文学语言解放了，大大消除了通俗不通俗的界限。但在创作方法上有些欧化，提倡的是现实主义，内容上是启蒙主义。所有封建迷信，神秘怪诞，才子佳人，武侠剑客，都在排斥之列。通俗小说的市场很小，只有大城市的一些商业小报，连载一些章回体小说，一些新兴的书店，很少出版陈列这类作品。革命的文艺读物，几乎拥有了全部青年。

无论是梁启超，还是瞿秋白写的通俗文学作品，在当时的作用和后来的影响，都是很有限的。它们既为知识分子层所忽略，也不为广大群众所欣赏。这有几方面的原因：一是作者把这种形式，当成是一种纯政治的宣传；二是把通俗与不通俗，看成是单纯形式上的问题；三是对群众的理解和欣赏能力，估计太低。基于以上认识，使他们创造出来的通俗文学作品，常常流于粗糙概念，缺乏艺术的感染力量。

目前通俗文学作品的突起，有它历史的特殊遭遇。这是十年动乱，文化传统濒于破产，和长期以来思想禁锢的结果。是对过去的一种反动，是一个回流。目前的通俗文学的特点，不在于形式上的仿古，而在于内容的陈旧，还谈不上什么新的内容和新的创造，它只是把前一个时期不许启动的食品橱门，突然打开了而已。这一开放，可能使各式各样的政治概念化的作品受到冲击，但如果说，它会冲垮传统的现实主义文学，那就是过分夸大了。随着人民群众文化修养的提高，现有的通俗文学，自然要受到历史的检验。因为对文学艺术的鉴赏能力，是和文化修养，甚至也和道德伦理修养，一同向前，一同向上的。

它对出版事业的影响，也是如此。不从长远的文化教育利益着眼，只为了一时赚钱，解除不了出版事业的困境。鲁迅记述：三十年代，上海有个"美的书店"，它不只编印《性史》，而且预告要出一本研究女人的"第三种水"的书，其售货员都是雇用的时髦女郎，里里外外，号召力和刺激性都够大的了。然而没有很久就倒闭了，并没有赚了多少钱。能赚钱并能促进国民文化教育的，还是不出下流书籍的商务印书馆、中华书局和开明书店。目前有些出版社赔钱，是管理制度上的问题，并不是出什么书的问题。

文学现象，自然是社会现象、社会意识的一种反映。目前通俗文学的流行，与时代思潮模糊，密切相关。它与现实主义文学的分别，不在于它提供的形式，而在于它提供的内容。这与其说是文学上的一次顿挫，不如说是哲学上的一次顿挫。然而现象变幻的结果，必然是曲终奏雅，重归于正的。

一九八四年一月三十日

谈鼓吹

按照昭明太子的说法,文章重要的一体,为歌颂。"颂者,所以游扬德业,褒赞成功。"因此,如果文章做得确实好,再得到评论界的颂扬鼓吹,也是顺理成章的事儿。

鼓吹,并不是坏名词。它本身就是一种艺术。我有一部文明书局石印的小书,就名为《唐诗鼓吹》。可见,在过去,无论是选家,还是评论家,都不忌讳这个词儿。

我也不能说,自己没有充当过鼓吹手,充当这种角色,也不能说仅是一次两次。

既然做得多了,也就总结出一些经验教训,愿与从事鼓吹的同志们商讨。主要有以下三点:

一、对青年,初学写作者,鼓吹较多,对名家鼓吹较少。对青年,初学写作者,已经步上名家高台的,也就不去鼓吹了。

理由:凡是青年,初学写作者,还都处在步履艰难阶段。扶他一把,哪怕是轻轻的一把,他也很容易动感情,会有知己之感。就是批评他两句,指出他一些缺点,他也是高兴的。如果他平步青云，成了红人，评论者蜂拥而上，包围得风雨不透，就不要再去沾边，最好退下来，再去寻找新的青年，新的初学写作者。因为此时此地，对他来说，过去那种鼓吹法，已经不顶事。他需要的是步步高的调门，至于谈缺点，讲不足，那就更是不识时务了。

二、对于名家，特别是兼有某种"官衔"、某种地位的名家，无论他来信表示多么谦逊，也不要轻易去评论人家的作品。每逢大考之期，即评奖举行之时，也不要对竞争中的作品，轻易发言。

这倒不是出于什么害怕名家，或其他心理。是因为：如果你提出的意见，只是人云亦云的，那对双方都是浪费；如果你提出与众不同，甚至相反的看法，名家是很不习惯接受的；如果确实看到了艺术上成功的要点或失败的要害，估计这一位名家，也能有为之折服的涵养，还要考虑到他的周围那些抬轿子的职业家。再说，指出要点，为人折服，谈何容易？有那种眼力和修养吗？人贵有自知之明，最妥当的办法，还是不要去碰。

三、对于老朋友，其中包括原来是初学写作者，也曾鼓吹过，现在已经到了中年，文坛之上，小有地位，如果又有新作，看过，觉得好，也可以再为鼓吹。但也只限一两次，不可多为。

总之，鼓吹不可废。文学之有鼓吹，正如戏曲之有捧场。但鼓吹也是要有立场，要有分寸的。前不久，读了一本洪宪时期的笔记，上记名士易实甫，在剧场捧坤角时，埋首裤裆，高举双臂，鼓掌不息。口中还不断胡言乱语，甚至亲妈亲娘地喊叫。如果所记是实，这种捧场，就不免过分了些，有失体统了。

一九八五年六月十三日

官浮于文

最近收到某县一个文艺社办的四开小报，在两面报缝中间，接连刊载着这一文艺社和它所办刊物的人事名单。文艺社设顾问九人（国内名流或其上级人员），名誉社长一人，副社长八人，秘书长一人，副秘书长二人。此外还有理事会：理事长一人，副理事长七人，常务理事十人，理事二十一人。并附言："本届保留三名理事名额，根据情况，经理事会研究，报文艺社批准。"这就是说，理事实际将升为二十四人。

以上是文艺社的组成。所办小报（月报）则设：主编一人，副主编七人，编委十四人。现在是六月份，收到的刊物是一九八五年第一期，实际是不定期了。看了一下，质量平平。

一个县根据情况，成立一个文艺社或几个文艺社，联络感情，交流心得，都是应该的，必不可少的。这样大而重叠的组织机构，却有些令人吃惊，也可能是少见多怪。文艺团体变为官场，已非一朝一夕之事，而越嚷改革，官场气越大，却令人不解。如某大刊物，用整个封二版面，大字刊登编委名单，就使人有声势赫然类似委任状之感。

这个文艺社，不知有多少社员，据介绍它的第二次社员代表大会，出席者九十余人。一个县的文艺社开会，为什么不让全体社员参加，还要开代表会？这里先不去谈。一个代表，代表几名会员，也难以测知。就算代表三个吧，二百七十名会员的文艺社，用得着由六十三个人组成的领导班子吗？四开不定期小报，用得着二十二个人组成的编委会吗？

据介绍，代表大会期间，有报告，有章程，有规划，有决议，有慰问信。这都是开大会的常规。作为一个文艺社，读书和创作方面的措施，都没有具体的介绍。

目前文艺界开会，对创作讨论少，对人事费心多，这已经不是个别地方的事，因此不能责怪下面。在大会之上，作家们不是在作品上共研讨，而是在选票上争多少。一旦当选，便认为与众不同，一旦票多，则更认为民心所向。果如是乎？而且很多人去争，弄得一些老实人，也坐不住，跟着上。不只形成一种奇异心理，而且造成一种市场现象，这能说是新时代文艺界的幸事吗？

平日闲谈之间，也曾问过一位明达事理，对官场、文场也都熟悉的同志：

"争一个主席、副主席，一个理事，甚至一个会员代表，一个专业作家，究竟有什么好处？人们弄得如此眼红心热呢？"

这个同志答道：

"你不去争，自有你不争的道理和原因，至于你为什么没有尝到其中的甜头，这里先不谈。现在只谈争的必要。你不要把文艺官儿，如主席、主任之类，只看成是个名，它是名实相符，甚至实大于名。官一到手，实惠也就到手，而且常常出乎一般人预料之外。过去，你中个进士，也不过放你个七品县令，俸禄而已。现在的实惠，则包括种种。实惠以外，还有影响。比如，你没有个官衔，就是日常小事，你也不好应付，就不用说社会上以及国内国外的影响了。"

和我谈话的同志，原来在一个协会当秘书长，我劝他退下来专心创作，听了他的一番话之后，我也同意他再弄个官儿干几年，结果他又去当了什么研究会的会长。

文艺和官，连在一起，好像不调和，其实，古已有之，即翰林学士之类。不过没有现在这么多罢了。其俸禄，仍由吏部掌管，像现在的文艺社、协会等等，过去也有类似之团体，但其开支，都是自筹的，今天机构之所以越来越庞大，竞争越来越激烈，是因为这些文艺团体，实际上已经与官场衙门，没有多少区别了。此亦谈文艺改革者，所当考虑者乎？

一九八五年六月十五日

诗外功夫

在报刊上，常看到文艺界一些模范事迹。如某作家，在公共汽车上降服了惯匪流氓；某编辑一手接过业余作者的稿件，一手送给他二百元零花，并在修改稿件期间，给作者炖小鸡，送水果；某诗人代人打了一场难打的官司，居然打赢了等等。都感到这些同志形象高大，所作所为，近于侠义。

好在前两项没人要求我去做。第一，自己年老、体弱、多病，看见流氓，避之惟恐不及，当然谈不上与之交手对抗。第二，负责看看稿子，有时还可以做到，经济上的无微不至的照顾，是有些不方便了。第三项，却有人找到名下来。信上说，某某作家替人打赢了官司，你也替我打打吧。复印来的材料，我都看不清楚，这使我很为难。我从来没有打过官司，自幼母亲教育我：饿死不做贼，屈死不告状。我一直记着这两句话。自己一生，就是目前，也不能说没有冤苦，但从来没有想到过告状，打官司。此事也难以向来信者说清楚，只好置之，我想他还会去找那一位能打赢官司的诗人的，能者多劳吧。不久见他登报声明，招架不住了。

人的能力、志趣、爱好，确是各有不同，不能求全责备的。作家而兼勇士，编辑而兼义侠，诗人而擅诉讼，这都是令人羡慕的。但恐怕不是人人能做到的。即如编辑，月薪六十元，一见面就掏出二百，没有点存项，就做不到。认真处理稿子，善始善终，也就可以说是克尽厥职了。君任其难者，我从其易者。

在中国，人多，事情也多，目前，个人从事一份慈善事业，恐怕也不能持久。一个作家，在汽车上如果连续两次捉拿强盗，管保不久就有人把你聘请为治保员。一个编辑，如果对每个业余作者，都包办生活费用，他的办公桌上，稿件将积压成山，有多少存款，也得宣告破产。诗人继续替人打官司，只能改业律师。

有些事情，作为新鲜例子，宣传宣传，固无不可，大家都仿效起来，有时就行不通。因为这并不是从根本上解决问题的途径。

这就像某纱厂的女浴室，不断受到流氓的侵扰，厂方不出动保卫人员，却鼓励退休的老太太们去护卫少女，只能助长流氓们的嚣张。

有很多事，本职者不去干，甚至逃避，却宣传非本职者去干，于是有了很多业余的模范，有了更多的本职懒汉。其实不足为训。

比如说小报，这本是宣传文化部门应该注意，应该管的事。社会上已经议论纷纷，这些部门却按兵不动，等候上边的精神气候。只凭社会舆论，能把小报压下去？等到不可开交，才去处理，事情已经晚了半月。

左啦，右啦，争来争去，实在没有意思。现在也没有多少人相信这个。必须像广州一样，从不法商店里拉出那些录音录像，公之于众，然后才相信确有精神污染。当然在有些人看来，这种做法就更是极左了。

一九八五年六月二十三日改讫

听朗诵

一九八五年,九月十五日晚间,收音机里,一位教师正在朗诵《为了忘却的记念》。

这篇散文,是我青年时最喜爱的。每次阅读,都忍不住热泪盈眶。在战争年代,我还屡次抄录、油印,给学生讲解,自己也能背诵如流。

现在,在这空旷寂静的房间里,在昏暗孤独的灯光下,我坐下来,虔诚地、默默地听着。我的心情变得很复杂,很不安定,眼里也没有了泪水。

五十年过去了。现实和文学,都有很大的变化。我自己,经历各种创伤,感情也迟钝了。五位青年作家的事迹,已成历史,鲁迅的这篇文章,也很久没有读,只是偶然听到。

革命的青年作家群,奔走街头,振臂高呼,终于为革命文学而牺牲。这些情景,这些声音,对当前的文坛来说,是过去了很久,也很远了。

是的,任何历史,即使是血写的历史,经过时间的冲刷,在记忆中,也会渐渐褪色,失去光泽。作为文物陈列的,古代的佛教信徒,用血写的经卷,就是这样。关于仁人志士的记载,或仁人志士的遗言,在当时和以后,对人们心灵的感动,其深浅程度,总会有不同吧!他们的呼声,在当时,是一个时代的呼声,他们心的跳动,紧紧接连着时代的脉搏。他们的言行,在当时,就是群众的瞩望,他们的不幸,会引起全体人民的悲痛。时过境迁,情随事变,就很难要求后来的人,也有同样的感情。

时间无情,时间淘洗。时间沉淀,时间反复。历史不断变化,作家的爱好,作家的追求,也在不断变化。抚今思昔,登临凭吊的人,虽络绎不绝,究竟是少数。有些纪念文章,也是偶然的感喟,一时之兴怀。

世事虽然多变,人类并不因此就废弃文学,历史仍赖文字以传递。三皇五帝之迹,先秦两汉之事,均赖历史家、文学家记录,才得永久流传。如果没有文字,只凭口碑,多么重大的事件,不上百年,也就记忆不清了。文字所利用的工具也奇怪,竹木纸帛,遇上好条件,竟能千年不坏,比金石寿命还长。

能不能流传,不只看写的是谁,还要看是谁来写。秦汉之际,楚汉之争,写这个题材的人,当时不下百家。一到司马迁笔下,那些人和事,才活了起来,脍炙人口,永远流传。别家的书,却逐渐失落,亡佚。

白莽柔石,在当时,并无赫赫之名,事迹亦不彰著。鲁迅也只是记了私人的交往,朋友之间的道义,都是细节,都是琐事。对他们的革命事迹,或避而未谈,或谈得很简略。然而这篇充满血泪的文字,将使这几位青年作家,长期跃然纸上。他们的形象,鲁迅对他们的真诚而博大的感情,将永远鲜明地印在凭吊者的心中。

想到这里,我的心又平静了下来,清澈了下来。

文章与道义共存。文字可泯,道义不泯。而只要道义存在,鲁迅的文章,就会不朽。

一九八五年九月二十一日晨改抄讫

谈 死

国庆节，帮忙的人休息，儿子来给我做饭，饭后我和他闲谈。

我说：你看，近来有很多老人，都相继倒了下去。老年人，谁也不知道，会突然发生什么变故。我身体还算不错，这是意外收获。但是，也应该有个思想准备。我没有别的，就是眼前这些书，还有几张名人字画。这都是进城以后，稿费所得，现在不会有人说是剥削来的了。书，大大小小，有十个书柜，我编了一个草目。

书，这种东西，历来的规律是：喜欢它的人不在了，后代人就把它处理掉。如果后代并不用它，它就是闲物，而且很占地方。你只有两间小房，无论如何，是装不下的。我的书，没有多少珍本，普通版本多。当时买来，是为了读，不是为了买古董，以后赚钱。现在卖出去，也不会得到多少钱。这些书，我都用过，整理过，都包有书皮，上面还有我胡乱写上的一些字迹，卖出去不好。最好是捐献给一个地方，不要糟蹋了。

当然捐献出去，也不一定就保证不糟蹋，得到利用。一些图书馆,并不好好管理别人因珍惜而捐献给他们的书。可以问问北京的文学馆,如果他们要,可能会保存得好些。但他们是有规格的,不一定每个作家用过的书,都被收存。

字画也是这样。不要听吴昌硕多少钱一张,齐白石又多少钱一张,那是卖给香港和外国人的价。国家收购,价钱也有限。另外,我也就只有几张,算得上文物,都放在里屋靠西墙的大玻璃柜中,画目附在书籍草目之后,连同书一块送去好了。

儿子默默地听着,一句话也没有说。大节日,这样的谈话,也不好再继续下去,我也就结束了自己的唠叨。儿子对一些问题,会有自己的想法。我的话,只能供他参考。我死后,他也会自作主张,他已经是四十多岁的人了。

我有些话,是不愿也不忍和他说的。比如近来读到的,白居易的两句诗:"所营惟第宅,所务在追游",在我心中引起的愤慨。还有,前些日子,一位老同志晚间来访,谈到一些往事,最后,他激动地拍着两手,对我说:"看看吧,我们的手上,没有沾着同志们的血和泪!"在我心中引起的伤痛,就不便和孩子们讲。就是说了,孩子们也不会了解我们这一代人的心情的。

其实,生前谈身后的事,已是多余。侈谈书画,这些云烟末节,更近于无聊。这证明我并不是一个超脱的人,而是一个庸俗的人。曾子一生好反省,临死还说:"启予足、启予手。"他只能当圣人或圣人的高足,是不会有什么作为的。历代的英雄豪杰,当代的风流人物,是不会反省的。不只所作所为,他一生中说过什么话,和写过什么文章,也早已忘记得干干净净了。

王羲之说：死生亦大矣。所以他常服用五石散，希望延长寿命，结果促短了寿命。苏东坡一生达观，死前也感到恐怖。僧人叫他向往西方极乐世界，他回答说实在没有着力处。总之，生，母子虽经过痛苦，仍是一种大的欢乐；而死，不管你怎样说，终归是一件使人不愉快的事。

　　在大难之前，置生死于度外，这样的仁人志士，在中国，历代多有。在近代史上，瞿秋白同志，就义前的从容不苟，是最使后人凛凛的了。毕命之令下，还能把一首诗写完。刑场之上谈笑自若。这都是当时《大公报》的记载，毫无私见，十分客观。而"四人帮"的走狗们，妄图把他比作太平天国的李秀成，不知是何居心。这些虫豸，如果不把一切人一切事物，都贬低，都除掉，他们的丑恶形象是显现不出地表的。而一旦暴露在光天化日之下，他们又迅速灭亡了。这是另一种人、另一种心理的死亡。他们的身上和手上，沾满和浸透了人民的和革命者的血和泪。

一九八五年十月十八日

谈"补遗"

三十年代初,我在北平流浪,衣食常常不继,别的东西买不起,每天晚上,总好到东安市场书摊逛逛。那时郑振铎主编的《世界文库》,正在连载洁本《金瓶梅》,不久中央书局出版了这本书。很快在小书摊上,就出现了一本薄薄的小书。封面上画了一只金瓶,瓶中插一枝红梅,标题为《补遗》二字。谁也可以想到,这是投机商人,把洁本删掉的文字,辑录成册,借以牟利。

但在当时,确实没有见到多少青年人,购买或翻阅这本小书。至于我,不是假撇清,连想也没想去买它。

在小册子旁边,放着鲁迅的书,和他编的《译文》,也放着马克思和高尔基的照片。我倒是常花两角钱买一本《译文》,带回公寓去看。我也想过:《补遗》的定价,一定很昂贵。

今年夏天,我买了一部人民文学出版社出版的《金瓶梅》,写了一篇读书笔记发表。有一天,一位老工人作家来看我,谈到了这部书。他说:"我也买到一部。亲戚朋友,都找我借看,弄得我很为难。借也不合适,不借也不合适。过去,我有一本补遗……"

"啊!"我吃了一惊,"你在哪里买的,价钱很贵吧?"

"一两角钱。解放前在天津,随便哪个书摊上,都可以买到。"他说。

"那你买的一定是翻版,我在北平见到的,定价很高。"我不知为什么,谈得很认真。

"这种书,还有什么原版翻版?"他笑了笑说,"小小一本携带方便。我读了好多遍,甚至可以背过。我还借给几个青年作家看过。现在大家买了洁本,如果有我那本小书,打印几份,分赠有这部书的同志,大家一定高兴。"

"嘻!"我笑着说,"你那不是精神污染吗?"

"什么污染不污染,不是为了叫大家读读全文吗?"他说,"可惜我这本小书没有了。'文化大革命',我把它烧了。我怕人家说,工人作家读这样的书!"

这位工人作家,写了一辈子四平八稳的文章,小说中除去夫妻互相鼓励当模范,从来没有写过男女间的私情。"文化大革命",因为出身工人阶级,平日又不得罪人,两派都说得来,两派出的造反小报他一块儿拿着去代卖,也就平平安安过来了。现在有好几个官衔在身,也可以说是功成名就,快乐安康。

使我吃惊的,不是他买了这一本书,是他竟能背过。无怪乎当代小说家,都说人的性格,是非常复杂的了。据人文洁本标明,共删去一万九十字,过去的洁本,删的就更多些。这个数字,可以和普式庚的小说《杜勃罗夫斯基》,梅里美的小说《卡尔曼》相当。如果他能背过这些书，他的小说，可能写得更开展一些吧。这是我的迂夫之想。他能背《补遗》，却也没有影响他的文字工作，没有影响他的生活作风，他是一个公认的规规矩矩的人。

解放这个城市时，我们接收一家报馆，在我的宿舍里，发现一本污秽小说，是旧人员仓促丢下的。好多日子不敢来取，后来看着我们的政策宽大，才来取走。他是个英文翻译，一身灰败之气的青年人。可见那时，读这种书的人是很多的。

读书的风气，究竟是社会风气的一个方面。是互为影响，互为作用的。夸大了不好，缩小了也不好。解放初期，思想领域，正气占上风，有绝对优势。有免疫功能。那位工人作家是在这种环境中成为作家，走上文学道路的。时代对他有制约，有局限。时代能引导青年，这是不能怀疑的。

一九八五年十月十八日下午

谈照相

自从五十年代,患病以后,我就很少照相,每逢照相,我总感到紧张,头也有些摇动。这都是摄影家的大忌。他们见到我那不高兴的样儿,总是说:

"你乐一乐!"

然而我乐不上来,有时是一脸苦笑,引得摄影家更不高兴了,甚至有的说:

"你这样,我没法给你照!"

"那就不要照了。"我高兴地离开座位。不欢而散。

当然,有的摄影家,也能体谅下情。他们不摆弄我,也不强求我笑,只是拿着机子,在一边等着,看到我从容的时候,就按一下。因此,这几年还是照了几张不错的照片。其中有毕东、张朝玺、于家祯的作品。

今年,来找我照相的,忽然多起来,比要我写稿的人还多。我心里是明白的,我老了,有今年没明年的,与朋友们合个影,留个纪念,是我应尽的义务。所以,凡是来照的,不管认识与否,年长年幼，我总是不惜色相，使人家满意而去。

但还是乐不上来。虽然乐不上来，也常常想：为人要识抬举，要通情达理。快死了，弄到这样，算是不错了。那些年，避之惟恐不及，还有人来给你照相，和你合影？

当然也不是一张没照过。有一次批斗大会，被斗者站立一排，都低头弯腰，我因为有病，被允许低头坐在地上。不知谁出的主意，把摄影记者叫了来，要给我们摄影留念。立着的还好办，到我面前，我想要坏。还好，摄影记者把机子放在地上，镜头朝上，一次完成任务。第二天见报，当然是造反小报，我的形象还很清楚。

一九五二年吧，中国作家协会召开大会。临结束那一天，通知到中南海照相。我虽然不愿在人多的场合照相，但这是不能不去的。记得穿过几个过道，到了一个空场。凳子都摆好了，我照例往后面跑。忽然有人喊：

"理事坐前面！"

我是个理事，只好回到前面坐下，旁边是田间同志。这时，有几位中央首长，已经说笑着来到面前，和一些作家打招呼。我因为谁也不认识，就低头坐在那里。忽然听到鼓起掌来，毛主席穿着黄色大衣，单独出来，却不奔我们这里，一直缓步向前走。走到一定的地方，一转身，正面对我们。人们鼓掌更热烈了。

我也没看清毛主席怎样落座，距离多远。只听田间小声说：

"你怎么一动也不动？"

我那时，真是紧张到了屏住呼吸，不敢仰视的地步。

人们安静下来，能转动的大照相机也摆布好了。天不作美，忽然飘起雪花来，像虽然照了，第二天却未能见报，大概没有照好吧。

一生只有这样一次机会，也没能弄到一张值得纪念的照片。

倒霉的照片能见报，光彩的照片不能见报。在照相一事上，历史总是和我开玩笑。

照相虽是个人的写真，然也只能看作浮光掠影。后之照，我为理事，坐于前排；前之照，则为黑帮，也坐于前排。都已经是过去的事了。

我青年时期的照片，经过战乱，都找不到了，亲朋故旧，都无存者。我很想得到一张那时的照片。那时的表情，一定是高兴的，有笑容的。

一九八六年四月四日，清明前一天

照相续谈

他们给我照相的时候，总是提议我拿起一本书，好像我时时刻刻都在学习。有的人，还叫我拿着一支香烟，好像这样更能表示我是个有灵感的人。时间长了，凡是来了有这种爱好的摄影家，我总是自动摆出这样的姿势，以致摄影家非常高兴，认为我是个很有经验的、懂得摄影艺术的行家里手。

近几年来，各种文艺刊物上，都大登作者的照片，全国性的刊物，有全国性的规格，地方性的刊物，有地方性的规格。有时干脆就把作者的照片，登在他的作品的前面，使你既能读到他的文章，又能领略作者的风采。一举两得，图文并茂。这些作者，多半是执卷攻读，或奋笔写作，手里拿着一支香烟，身后放着一个或几个书架。

我模仿着这种姿势，适应着时代的认识结构。

有的刊物向我索用照片。好的照片，我是吝于寄出的。常寄一些我不喜欢的照片给他们。因为原照总是收不回来。这种办法，当然不太好，正像我外出旅行时，不愿穿像样的衣服一样。

因为别无所求，在刊物露过几次以后，我就不想再干这种事儿了。我觉得这有点像做广告。

青年时，在大城市的照相馆门前，常常见到督军、巡阅使的大幅照片，后来又常常见到名伶、明星的大幅照片。这些照片，说是宣传个人也可，说是代照相馆做宣传也可。

刊物如果同时安排几个作者的照片，是颇费心机的。谁高谁低，谁大谁小，谁前谁后，是有讲究的。在这一期，某人的官职高些，照片放得也就高些。下一期，此人官衔没有了，马上就会落了下来。

过去，在文艺界，是没有这么多讲究的。前些日子，我见到人权保障同盟的一张旧照片，宋庆龄、蔡元培、鲁迅、胡愈之，随便在那里一站就行了，很自然。

现在，如果是在名山胜地举行笔会，一群作家室外合影，就得有一个有政治头脑的人，认真安排一下。一般官衔高而得奖重者居中。主办单位的负责人，如出版社社长，刊物主编次之。其中奖又分大奖、全国奖、地方奖。刊物有名牌不名牌之分。当我与人合影时，总怕站错了位置。僭越固然不好，充当站立两厢的角色又有些不甘。临阵非常局促。好在我不大出去，在自己庭院或自己房间里照，就随便得多，即使几个青年朋友，把我拥在上座，也就居之不疑了。

读了一部好作品，心里喜欢、仰慕，就想看看作家是个什么样儿，这是人之常情。古代没有照相，插图本的文学史上，却有很多作家的画像。屈原因为写过《天问》，所以披发昂首；司马迁因为遭过宫刑，所以没有胡须。谁也不会相信，当年的屈原、司马迁，就一定是这个容貌。但有一个像，总比没有好一些，读者心里总算有个影儿了。所以曹雪芹的一张假画像，还有人在那里争论不休。

感谢湖南人民出版社，送我一本《托尔斯泰文学书简》，这是一本很好的读物。其中有高尔基和托翁的通信。

高尔基在一封信中写道：

> 如果您有给别人相片的习惯的话，那就请您给我一张吧。我恳求您送给我一张。

托尔斯泰送给他一张签名的照片。并在一封信中写道：

> 阿克萨克夫讲过：有些人比自己的书好些（他说的是聪明些），也有些人比较差些。我喜欢您的创作，而我认为您比您的创作更好些。

这不是托尔斯泰只看了高尔基的照片，而是认真研究了高尔基的作品，并与他会面以后，做出的判断。

一九八六年四月十三日晚

谈自裁

当名伶阮玲玉服毒自杀,谣诼纷纭之际,鲁迅著文说:"自杀是需要勇气的,不然你就去试试。"

"文化大革命"刚开始,我的脑子还是很清楚的:这又是权力之争,我是小民,不去做牺牲。但不久就看到,它是要把一些普通的老百姓,推上祭坛的。忍受不了批斗的耻辱,还是决定自杀了。

一天晚上,批斗大会下来之后,我支开家人,就关灯躺下了。我睡的是一张钢丝床,木架。床头有一盏小台灯。我躺下以后,心无二念,从容不迫地把灯泡拧下来,然后用手指去触电,手臂一下子被打回来,竟没有死。第二天早上,把灯泡上好,又按时去机关劳动,只是觉得头有些痛。

我想死得舒服一些,但没有做到。我对电没有知识,不知道为什么竟没有死。

此后,还是想死。每天,我在五层的大楼搞卫生,手里提着一个小铁桶,上上下下每到一层转折处,从上往下一看,像一个深深的天井，我想跳下去。但总是迟疑一下，就又走去了。

我们在楼顶上"学习"，一天晚上，我站在围墙边，往下看，马路上，车水马龙，行人不断。纵身一跳，一定粉身碎骨，血肉模糊了。正在乱想，围墙上的电灯，忽然都亮了。有人在冷冷地监视着我，我又进屋学习去了。

在干校，我身上带着一包安眠药片，大约有四五十片，装在破棉袄的上边口袋里，是多日积攒起来，准备用于自杀的。每天晚上，我倒一小玻璃杯水，放在枕边，准备吞服。但是，躺下以后，不容我再思考一下，我就疲劳地睡去了。有一次，把杯子打翻，把褥子弄湿了，第二天拿出去晾晒，引起"造反"头头的质问，我说是夜里咳嗽。

干校附近有条河，我立在岸上发过呆。给牲口铡草时，有一把锋利的镰刀，在我手边，我曾想在脖子上抹一下。终于都没有做到，直到我被"解放"。

论曰：自裁，自尽，自杀，皆我国习惯用语，即自己结束自己生命之谓。为减少血淋淋之感，题目乃用裁字。很难说，"造反"者在迫害一个人的时候，希望他自杀。但"造反"者不怕被迫害者自杀，则甚明。被迫害者，如能深思一步，意识到此，或可稍减轻生之念。我之友人，自杀者甚伙，多烈性人，少优柔寡断如我者，惜无人于彼等临危之时，进此一言。

呜呼！自叶赛宁的诗："死是容易的，活下去是艰难的。"出，人以为自杀名句。近又有人，引另一作家坎坷之言，"容易"之下，更加"舒服"二字。此皆愤激之言，非常情之言也。后一作家于临终之时，曾语亲人："死为何如此痛苦？"况非常之死乎？毕加索认为：痛苦为人生之本质。然彼之生活，非常浪漫，丰产而长寿。我等宁可信司马迁之言，不可信叶赛宁之言。

我乡有谚语：好死不如赖活。虽近平庸，仍不失对轻生者之一劝也。

一九八六年四月二十六日下午记

谈头条

近年刊物，受官场影响，也讲平衡，对于名次篇目排列，极为用心，并有"双头条"之创造。刊物以作品质量分先后，无可厚非。过去，如《文学》，称为权威刊物，鲁迅系编委之一。即鲁迅所作，也并非一定居首。如果他写的是杂文，那就必须按文体归档，多半排到中后去了。在鲁迅主编的刊物上，从未把自己的作品，列为头条，更不用说儿女们的作品了。他所写的《立此存照》等短文，刊物也真的把它们作为补白，作者编者，均不以此为忤。这当然都是前辈人的老观念。

八十年代，人才众多，出现了一批"头条作家"。这种作家，很像四大须生，四大名旦，只能各自挑班，不能屈尊第二。但因为每期刊物，只能有一个头条，除去运用"双"法之外，就只好轮流坐庄了。作家本身也有办法，轮流投稿。本月为甲刊之头条，下月为乙刊之头条。刊物也乐于重金礼聘，包吃包住，你邀我抢，就像过去名角跑码头一样。

既跻身头条作家的行列，即使给个二条，也会生气不干的。

即使写出的是篇拆烂污，也非上头条不可。这就使那些热心的主编们伤神了。

我混迹文坛半个世纪，所作平庸，从未当过名刊的头条。报纸副刊之上，近年容或有之，也不多见。因此养成一个甘居下游随遇而安的习惯，稿件投寄出去，只是希望人家给登出来，至于登在什么地方，是很少考虑的。

前些日子，有一家大刊物的两位副主编，来到舍下，闲谈间，也顺便叫我写点东西。过了两天，我写了一篇说是散文也可，说是小说也凑合，不到一千五百字的小文章，就寄给他们，原以为采用就不错了。谁知道这一次竟大爆冷门，很快收到一位副主编的信，不只认为那是一篇小说，并称之为"短篇佳作"。我想，这是老朋友对我的鼓励，不以为意。

很快又收到他寄来的一份校对完好的清样，说明不要我寄还，只要我保存。在阅读中间，我发现页码非常靠前，实在出于意外，不明究竟。我还问过一位编杂志的同志，他笑了笑说："你的作品发的是头条！"

我想：这还是对我的鼓励。我老了，不常写小说，凭年岁当了个头条。

接到刊物，看了目录，这位同志又向我说：这种措施，叫"双头条"。

又看了编后，又看了下一期编后，才知道头条的全部学问。当然这是新学问。

对于老年人来说，一是感激刊物，感激相识的编辑们；二是，以后千万不要再到这些名人场所里掺和去了,实在没有意思。

一九八六年八月三十日下午

谈理解

这些年,理解一词很流行。好像过去人们都不知道这个词儿,是一种新发明似的。从此以后,是不是人们之间,理解的程度就会加强加深了呢?不得而知。

我认为,人与人的相互理解,自古以来,就被看做是应该的,但做到,却是很困难的。这像很多事情一样,这不仅仅是一种愿望,而是一种实际。凡是实际,都包含着历史、时代、环境诸种因素。如果只理解一种因素,不理解别种因素,必然会造成误解。即使同一因素之中,还有因时、因地、因人的差别。至于偶然的影响,那就更是千变万化,难以捉摸的了。

所以说,理解是不容易做到的。

我没有写过畅销的书,有些稿费,"文化大革命",为应付当时局面,已上缴国库。近年虽时有短文发表,每篇或二十元,或四十元,于生活不无小补,然一二年才能凑成一本小书,稿酬亦不过千元上下。银行虽尚有些积蓄,然须防老,不敢轻动。

这是我的经济实际,但有些人就不能理解,"文革"时的一些情景,且不去说了。直到现在还有人张口借三千五千。有一位贵州小姑娘,来信向我要两千,还要我亲自给她送去,她在村边等我。

她不知道,我即使能旅游,也游不到贵州了。这就是因为她不理解我的另一种实际:我不是慈善家,甚至不是一个慷慨的人。

还有的青年人,来信叫我买书、买物品、替打官司。他们说,如果你出不去,可以派秘书去办。

他们不知道,我这里没有秘书,一辈子也没有用过秘书,现在甚至没有三尺应门的童子。我住在三楼,上下不便,每逢有收报费,投挂号信的,在楼下一喊叫,我就紧张万分,天黑怕跌跤,下雪怕路滑,刮风怕感冒,只好不订报,不叫朋友寄挂号件。就是平信,也因不能及时收取,每每遗失。在此,吁请朋友来信,不要再贴特种邮票。

这又是一种实际,鲜为人知。

近年作家一行,早已不为人羡慕,因为他们的收入,已远不及演员、歌星、画家,甚至做小生意的人。但社会上的一些书呆子,仍把它看作生财之道,还以为我们这些人生活得多么阔气,多么幸福,多么有办法。这注定他们的前途也不会光明的,因为他们对人的实际,理解太不够了。

但这也只是一方面的实际,另一方面则是:多一分资财,就多一分理解;少一分资财,就少一分理解。这是古今一致的。

古人云:隔行如隔山。俗话又说:知人知面不知心。都是经验之谈,不可不信。虽是同行,也并不是那么容易相互理解的;

即使是亲人，理解也不会是那么全面的。旧剧《刺王僚》有唱词曰：虽然是弟兄们情谊有，各人的心机各自谋。每听到时，心里总是感慨万分的，惊心动魄的。

一九九〇年二月二日上午

谈闲情

人生，总得有一点闲情。闲情逐渐消失，实际就是生命的逐渐消失。

我是农家的孩子，农村的玩意儿，我都喜欢，一生不忘。例如养蝈蝈，直至老年，还是一种爱好，但这些年蝈蝈总是活不长。今年，外孙女代我买的一只很绿嫩的蝈蝈，昨天又死去了。我忽然想：这是我养的最后一只。我眼花耳背，既看不清它的形体，又听不清它的鸣号，这种闲情，要结束了。

幼年在农村，一只蝈蝈，可以养到过春节。白天揣在怀里，夜晚放在被里，都可以听到它欢畅的叫声。蝈蝈好吃白菜心。老了，大腿、须、牙都掉了，就喂它豆腐，还是不停地叫。

童年之时，烈日当空，伫立田垄，蹑手蹑脚，审视谛听。兴奋紧张，满头大汗。捉住一只蝈蝈，那种愉快，是无与伦比的。比发了大财还高兴。

用秫秸篾子，编个荸荠形的小葫芦，把它养起来，朝斯暮斯，那种情景，也是无与伦比的。

为什么在城市，就养不活？它的寿命这样短，刚刚立过秋就溘然长逝了。

战争年代，我无心于此。平原的青纱帐里，山地的衰草丛中，不乏蝈蝈的鸣叫，我好像都听不到，因为没有闲情。

平原上，蝈蝈已经不复存在，农民用农药消灭了蝗虫，同时就消灭了蝈蝈。十几年前，我回故乡看见，只有从西南边几个县过来的行人，带有这种稀罕物。也是十几年前，在蓟县山坳里，还听到它的叫声。

这些年，我总是喂它传统的食物，难免有污染，所以活不长。

当然，人的闲情，也不能太多。太多，就会引来苦恼，引来牢骚。太多，就会成为八旗子弟。初进城时，旧货摊上，常常看到旗人玩的牙镶细雕的蝈蝈葫芦，但我不喜这些东西，宁可买一只农民出售的，用紫色染过的小葫芦。

得到一个封号，领一份俸禄。无战争之苦，无家计之劳。国家无考成，人民无需索。住好房，坐好车，出入餐厅，旅游山水。优哉度日，至于老死。不知自愧，尚为不平之鸣，抱怨环境不宽松，别人不宽容。这种娇生惯养的纨绔子弟，注定是什么事也做不成的。

一九九〇年八月十六日中午记

庸庐闲话

关于我的琐谈

—— 给铁凝的信

铁凝同志:

二月十九日信,今天下午收到。说实话,我在年轻时,是很热情的。一九三九年,我在晋察冀通讯社工作,每天给通讯员写信,可达数十封。加里宁说,热情随着年龄,却是逐年衰退的。现在老了,很不愿写信。我的孩子们来信,我很少回信,她们当然可以原谅我。但有些朋友,就不然了。来了两封信,并无要紧事,我没有及时答复,就多心起来,认为是"从来没有的"事。他不想一想,一个七十岁多病的人,每天要生火,要煮饭,要接待宾朋,要看书写东西,哪能每封来信都及时回复呢!人老了,确实没有那么多的精力了。

我对友人,都一视同仁,从不厚此薄彼,更不会因为这一个去得罪那一个。

你看过《西游记》,一路之上,两位高徒互讲谗言,唐僧俯耳听之,还时常判断错误。我是凡人,办法是一概不听,而且非常不愿意听这些谈论别人是非的话。我愿意听些愉快的事,愉快的话。或论文章，或谈学术，都是能使人心胸开阔，精神愉快的。

有些关于我的文章，起了副作用。道听途说，东摘西凑，都说成是我的现实，我的原话。其实有些事，是我几十年前才能做的。这样就引来很多信件、稿件、书籍，叫我看。我又看不了多少，就得罪人。对写那些访问记的人，也没有办法。想写个声明，又觉得没有必要。

例如有些访问记，都说我的住处，高墙大院，西式平房，屋里墙上是名人字画，书橱里琳琅满目，好像我的居室是奇花异草、百鸟声喧的仙境。其实大院之内，经过动乱和地震，已经是断壁颓垣，满地垃圾，一片污秽。屋里门窗破败，到处通风，冬季室温只能高到九度，而低时只有两度。墙壁黝暗，顶有蛛网。也堆煤球，也放白菜。也有蚊蝇，也有老鼠。来访的人，能看不到？但他们都不写这些，却尽量美化我的环境。最近因为有人透出我的住址，有一个青年就来信说，可能到我家来做"食客"。你想，我自己都想出家化缘，他真的要来了，将如何办理？

另有一个青年，来采访我的业余生活。观察半日，实在找不到有趣的东西，他回去写了一篇印象记，寄给我看，其中警句为："我从这位老人那里，看到的只是孤独枯寂，使我感到，人到老年，实在没有什么乐趣。因此我想，活到六十岁，最好是死去！"

并叫我提意见，我把最后两句，给他删掉了。

我还要活下去呀！因为我想：我从事此业，已五十年。中间经过战争、动乱、疾病，能够安静下来，写点东西，还是国家拨乱反正以后，最近几年的事。现在我不愁衣食，儿女成人，家无烦扰，领导照顾，使安心写点文章，这种机会，是很难得的，我应该珍视它。虽然时间是很有限了。我宁可闭门谢客，面壁南窗，展吐余丝，织补过往。毁誉荣枯，是不在意中的了。

最近《文汇报》发了我的一封信，不知见到否？

我身体不好，心情有时也很坏。最近写了几篇小说，你如能见到，望批评之。

你写的那篇散文《我有过一只小蟹》，谢大光已经给我介绍过，登出来，我一定看。就说你近年的作品吧，我本想找个心境安静的时候，统统看一遍，而一直拖着，我想你就不会怪罪我，我却时常感到不安。此外，别人的作品，压在我这里的还有很多，我都为之不安，但客观情况又如此，我希望能得到谅解。而有些人，平日称师道友，表示关怀，稍有不周，便下责言，我所以时有心灰意冷之念也。当然这是不应该的。

总之，我近来常感到名不副实的苦处，以及由之招来的灾难。春天，你如能来津，我很欢迎！我很愿意见到你！

祝

好！

孙 犁

(一九八二年)二月二十一日晚灯下

关于编辑工作的通信

××同志：

承问关于编辑的事，拖延已久，现溽暑稍退，敬答如下：

我编过的刊物有：一九三九年晋察冀通讯社编印的《文艺通讯》；一九四一年晋察冀边区文联编印的《山》。以上二种刊物，都系油印。一九四二年《晋察冀日报》的副刊，以及此前由晋察冀边区文协编的《鼓》，也附刊于该报。一九四六年在冀中区编《平原》杂志，共六期。一九四九年起，编《天津日报》文艺周刊，时间较长。

这些刊物，无赫赫之名，有的已成历史陈迹，如我不说，恐怕你连名字也不知道，但对我来说，究竟也是一种工作，也积累了一定经验。

我编辑的刊物虽小，但工作起来，还是很认真负责的。如果说得具体一点，我没有给人家丢失过一篇稿件，即便是很短的稿件。按说，当编辑，怎么能给人家把稿子弄丢呢？现在却是司空见惯的事，特别是初学者的稿子，随便乱丢乱放，桌上桌下，沙发暖气片上，都可以堆放。这样，丢的机会就很多了。

很长时间，我编刊物，是孤家一人。所谓编辑部，不过是一条土炕，一张炕桌。如果转移，我把稿子装入书包，背起就走，人在稿存，丢的机会也可能少一些。

丢失稿件，主要是编辑不负责，或者是对稿件先存一种轻视之心。

我一生，被人家给弄丢过两次稿件，我一直念念不忘，这可能是自己狭窄。一九四六年在河间，我写了一篇剧评，当面交给《冀中导报》副刊的编辑，他要回家午睡，把稿子装在口袋里。也不知他在路上买东西，还是干什么，总之把稿子失落在街上了。我知道后，心里很着急，赶紧在报上登了一个寻物启事。好在河间是个县城，人也不杂，第二天就有人把稿子送到报社来了。一九八〇年，上海一家杂志社的主编来信约稿，当时手下没有现成的，我抄了三封信稿寄给他，他可能对此不感兴味，把稿子给弄丢了。过了半年，去信询问，不理；又过了半年，托人去问，说"准备用"。又过了半年，见到了该杂志的一位编辑，才吐露了实情。

我得到的经验是：小稿件不要向大刊物投，他那里瞧不起这种货色；摸不清脾气的编辑，不要轻易给他寄稿；看见编辑把我交给他的稿件，随手装进衣服口袋时，要特别嘱咐他一句：装好，路上骑车不要掉了！特别是女编辑，她们的衣服口袋都很浅。她们一般都提着一个手提包，最好请她把稿子装在手提包里。但如果她的手提包里已装满点心、酱肉之类，稿件又有被油污的危险。权衡轻重，这就顾不得了。

有各式各样的刊物，有各式各样的编辑。有追求色情的编辑，有追求利润的编辑，有拉帮结伙的编辑。这些人，各有各的志趣，常常做出一些令人难以理解的事情来。投稿前，必须先摸清他们的脾胃。

我的习惯，凡是到我手下的稿件，拆封时，注意不要伤及稿件，特别不要伤及作者的署名和通讯处。要保持稿件的清洁，不要给人家污染。我的稿子，有时退回来，稿子里夹杂着头发、烟丝、点心渣，我心里是很不愉快的。至于滴落茶水，火烧小洞，铅笔、墨水的乱涂乱抹，就更使人厌恶了。推己及人，我阅读稿件，先是擦净几案，然后正襟危坐。不用的稿子，有什么意见，写在小纸条上，不在稿件上乱画。

我不愿稿件积压在手下，那样就像心里压着什么东西。我总是很快地处理。进城以后，我当了《天津日报》的"二副"——副刊科的副科长，职责是二审。看初稿的同志，坐在我的对面，他看过一篇稿子，觉得可用，就推到我面前。我马上看过，觉得不好，又给他推了过去。这种简单的工作方式，很使那位同志不快。我发觉了，就先放一下，第二天再还给他。

我看稿子，主要是看稿件质量，不分远近亲疏，年老年幼，有名无名，或男或女。稿件好的，立即刊登，连续刊登，不记旧恶，不避嫌疑。当然，如果是自己孩子写的作品，最好不要在自己主编的刊物上发表。

刊物的编辑，如果得人，人越少越好办事。过去，鲁迅、茅盾、巴金、叶圣陶办刊物，人手都很少。现在一个刊物的机构，层次太多。事情反倒难办，也难以办好了。我年轻时投稿，得到的都是刊物主编的亲笔复信，他们是直接看初稿的，从中发现人才。

我不大删改来稿，也不大给作者出主意修改稿件，更不喜欢替人家大段大段做文章。只是删改一些明显的错字和极不妥当的句子。然后衔接妥帖。我也不喜欢别人大砍大削我的文章，不能用，说明理由给我退回来，我会更加高兴些。有一次，我给北京一家大报的副刊，寄去一篇散文，他们为了适应版面，削足适履地删去很多，文义都不衔接了。读者来信质疑，他们不假思索地把信转来，叫我答复。我当即顶了回去，请他们自己答复。

现在有些人，知识很少，但一坐在编辑位置上，便好像掌握了什么大权，并借此权图谋私利，这在过去，是很少见的现象。

我当编辑时，给来稿者写了很多信件，据有的人说，我是有信必复，而且信都写得很有感情，很长。有些信件，经过动乱，保存下来的很少。我自己听了，也感慨系之。

进城以后不久，我就是《天津日报》的一名编委，三十二年来，中间经过六任总编，我可以说是六朝元老，但因为自己缺乏才干，工作不努力，直到目前，依然故我，还是一名编委，没有一点升迁。现在年龄已到，例应退休，即将以此薄官致仕。其他处所的虚衔，也希望早日得到免除。

就是这个小小的官职，也还有可疑之处。前不久，全国进行人口普查，我被叫去登记。工作人员询问我的职务，我如实申报。

她写上以后，问：

"什么叫编委？"

我答：

"就是编辑委员会的委员。"

她又问：

"做哪些具体工作？"

我想了想说：

"审稿。"

她又填在另一栏里了。

但她还是有些不安，拿出一个小册子对我说：

"我们的工作手册上，没有编委这个词儿。新闻工作人员的职称里，只有编辑。"

我说：

"那你就填作编辑吧。"

她很高兴地用橡皮擦去了原来写好的字。

在回来的路上，我怅怅然。看来，能登上仕版官籍的，将与我终老此生的，就只是一个编辑了。

在我一生从事的三种工作（编辑、教员、写作）里，编辑这一生涯，确实持续的也最长，那么就心安理得地接受承认吧。

以上说的，都是过去的事。有些近于自我吹嘘，意在介绍一点正面经验。很多事，我现在是做不来了。

种瓜得瓜，种豆得豆，这是自然现象。人生现象，则不尽然。时间如流水一般过去了。过去，我当编辑，给我投稿的人，现在有很多已经是一些大刊物的编委或主编了。其中有些人，还和我保持着旧谊，我的稿子给他投了去，总是很热情负责的。例如在北京某大报主编文艺副刊的某君，最近我给他寄去一篇散文，他特地给我贴了两份清样来，把我写错的三个字都改正了，使我非常感动。

但在旧友之中，也发生过不愉快的事。去年，我试写了一组小说，先寄给北京一位作家，请他给我看看，在当前形势下，是否宜于发表，因为他身处京师，消息灵通。他来信表示，要删掉一些字句，并建议我把三篇小说，合为一篇，加强故事性。我去信说：删改可以，但把三篇合为一篇，我有困难。请他把稿子转交另一位朋友，看后给我寄回来。

正当此时，上海一家刊物听说我写了小说，电报索稿，我就把家里的三篇原稿，加上新写的两篇，寄去了。北京的友人，忽然来信，说他参加编辑的刊物要用此稿。我当即复信给他，说不能这样办了，因为稿子已经给了上海。但他们纠缠不已，声称要垄断我的稿子。以上内容的信件，我先后给他们写了五封，另外托人打了两次长途电话，一次电报，均无效。我不知他们要闹成什么样子，只好致函上海刊物停发。最后，北京那家刊物竟派了两个同志，携带草草排成的小样，要我过目。我当即拒绝这种屈打成招的做法，并背对背地，对我那位友人，大发一通牢骚。

我心里想，当初你们给我投稿，我对你们的稿件，是什么态度？对你们是如何尊重？现在，你们对待我的稿件，对待我，又是如何的不严肃，近于胡闹？其实，这都是不必要的，后悔不已。

近年，我的工作，投稿多于编辑。在所接触的编辑中，广州一家报纸的副刊，给我的印象最深刻。稿件寄去，发表后，立即寄我一份报纸，并附一信。每稿如此，校对尤其负责。我是愿意给这样的编辑寄稿的。按说，这些本来都是编辑工作的例行末节，但在今天遇到这种待遇，就如同见到了汉官威仪，叫人感激涕零了。

亲爱的同志，回忆我的编辑生涯，也是不堪回首的。过于悲惨的事，就不必去提它了。就说十年动乱后期吧，我在报社，仍作见习编辑使用，后来要落实政策了，当时的革委会主任示意，要我当"文艺组"的顾问，我一笑置之。过了一个时期，主任召见我，说：

"这次不是文艺组的顾问，是报社的顾问。"

我说：

"加钱吗？"

他严肃地说：

"不能加钱。"

"午饭加菜吗？"

他笑了笑说：

"也不加菜。"

"我不干。"我出来了。

但"市里"给我"落实"了政策，叫我当了《天津文艺》的编委，这个编委，就更不如人了。一次，主编及两位副主编召我去开会，我奉命唯谨地去了，坐在一个角落里。会开完了，正想站起来走，三位主编合计了一下，说：

"编委里面，某某同志写稿很积极，惟有孙某，一篇也还没有写过，难道要一鸣惊人吗？"

说完，三个主编盯着我，我瞠目以对，然后一语不发，走了出来。

后来，揪出了"四人帮"，那位主编下台了。我给这家刊物写了一篇散文，那两位仍在管事，先是要我把散文分做两篇，他们挑一篇；然后又叫我把不是同一年代发生的事，综合成一件事。我愤怒了，又喊叫一通，把稿子收了回来。

总之，对待作者，对待稿子，缺乏热情，不负责任，胡乱指挥的编辑，要他编出像样的刊物来，是不可能的。

在过去很长的年月里，我把编辑这一工作，视作神圣的职责，全力以赴。久而久之，才知道这种工作，虽也被社会看作名流之业，但实际做起来，做出些成绩来，是很不容易的。有人把它看作敲门之砖，有人把它看作高升之阶。你是个老实人，也很可能被人当作脚踏的砖石，炫耀的陪衬。比如被达官显宦、作家名流拉去，一同照个相，做个配角。对于这些，你都要看得开些，甚至躲开一些。不与好利之徒争利，不与好名之徒争名。不要因为别人说你的工作伟大，就自我膨胀；不要因为别人说你的工作渺小，就妄自菲薄。踏踏实实，存诚立信，做好本职工作。流光易逝，砖石永存，上天总不会辜负你的。虽然这是近于占卜的话。

现在，刊物不是太少，而是太多了，而且方兴未艾，有增无减。在艺术宫殿值班的神,不是绿衣少年,就是红妆少女。这是一种艺术繁荣的景象。你正当壮年,应该继往开来,承上启下,把编辑工作的好传统,例如鲁迅、茅盾的传统,发扬而光大之。我写到的几件旧事,也并非心怀不满,意图发泄,不过举一些例证作为教训。

写到这里,已近深夜,而窗外蝉鸣不已,想到不应该再唠叨下去,浪费你的宝贵时光了。即祝安好吧!

孙　犁

一九八二年八月十二日下午

至十三日下午

补正:文中所记《天津文艺》两位副主编,据声称,他们当时的职衔,不是副主编,而是"编辑部具体负责人"。

另,对着我说的那几句话,系出自主编之口。文中主语不明,一并补正。

一九八三年六月三十日孙犁附记

关于编辑和投稿

编 辑

作为编辑，他的工作对象就是稿件。编辑和投稿者——作者的关系，应该是文字之交，双方面关心的问题，应该是稿件，而不应该是其他。既办刊物，就需要稿件。因此，对于投寄来稿件，抱着一种欢迎的态度，这是很自然的事。既然投稿，就希望刊物采纳刊登，至少希望得到编辑的意见，求得长进，这也是很自然的事。

这种关系，前些年，叫"四人帮"给搅乱了。最初，以"工农兵占领文艺阵地"为旗号，一个刊物的编辑部，整天座无虚席，烟雾弥漫，高谈阔论，门庭若市。加上不停的电话铃响，送往迎来的客气套话，编辑是没法坐下来安静看稿的。

来客所谈，并非尽是关于稿件的问题，或者，简单地谈几句稿件的问题，就转到了别的方面：如探听小道消息，市场情况，有什么新产品出售，或根据来客的职业，问编辑们要捎带什么物品等等。这样，编辑部里充满了交易所的气氛，美其名曰：开门办报，接近群众。

而且不断有商品出现在编辑部里面，有时是处理牙膏，有时是妇女头巾，有时是裤衩。都是由各行各业的作者带来，编辑们围上去，你挑我拣，由一人负责收款。每买一次货物，半天的时间，群情振奋，不能工作。

毋庸讳言，有些编辑同志，业务水平不能说是很高。参加工作不久的青年同志，除去加强政治学习，应急起直追地学习业务。编辑的业务学习，方面很广。编辑知道的东西，应该比作者要多些。要加深文字修养。要浏览百家之书，不怕成为一个杂家。

要熟悉社会各行业的生产、生活和语言。要熟悉农村、工厂、部队，包括种地、生产、作战的具体知识。不知道这些，就没法改稿，或改稿出笑话。

要参考前人编辑刊物的经验，也包括反面的经验。当务之急，是先学习鲁迅主持编辑的刊物，如《语丝》、《莽原》、《奔流》、《萌芽》、《文学》、《译文》等。应该学学他在每期刊物后面所写的"后记"。从鲁迅编辑的刊物中，我们可以学到：对作者的态度；对读者的关心；对文字的严肃；对艺术的要求。

对待作者要亲切也要严肃。这主要表现在对待他们的稿件上。熟人的稿件和不熟人的稿件，要求尺度相当。不和投稿者拉拉扯扯，不和投稿者互通有无。（非指意识形态，指生活资料。）

对待投稿者不摆架子，不板面孔，但也不因为他有所呈献而青眼相加。编辑是一种工作职称，目前"张编辑"、"李编辑"的称呼，不太妥当。

改稿时，知之为知之，不知为不知。不认识的字，不知道的名词，就查字典，或求教他人，或问作者，这都是工作常规，并不丢人。

作者原稿，可改可不改者，不改。可删可不删者不删。不代作者作文章（特别是创作稿）。偶有删节，要使上下文通顺，使作者心服。

敝帚自珍，无论新老作者，你对他的稿件，大砍大削，没有不心疼的，如砍削不当或伤筋动骨，他就更会难过。如果有那种人，你怎样乱改他的文章，他也无动于衷，这并不表现他的胸襟宽阔，只能证明他对创作，并不认真。

（历史经验：在三十年代，《文学》编辑傅东华删了周文的小说，删得太多而不妥，周文找上门去，时称"盘肠大战"事件。）

不轻易召作者到编辑部，有事写信商量。这样互不干扰日常工作，保持编辑部正常秩序。鲁迅说，他从来也不轻易召作者到编辑部来。

改错稿举例：

（一）把原来字数相当的一副对联，改成了一句长、一句短，这是不对的，因对联不是标语。

（二）把一个解放区作者自传性的文章中的"回到冀中"，错改为"回到北平"，这很可能是因为字体易混排错了，编辑没有看出。而当时北平为敌占区，如以后有人根据此文，审查作者历史，岂不麻烦？

例（一）为常识欠缺；例（二）为粗心大意。

例（一）是编辑只求文字中内容无错误，忘记了这是一副对联。例（二）是编辑对历史背景不大了然，看到主人公从张家口出发，"经过宣化"，就以为他一定是坐火车到北平去了。其实主人公是坐火车到宣化，然后步行，经涿鹿、易县回到冀中。

编辑有责任把文章中的标点弄好。因为就是有经验的作者，有时对标点，也不太认真、讲求。标点很重要。

错误标点举例：

第一次排印的《鲁迅日记》中，有一段话为：友人惠赠图章一枚，文曰："迅翁"，不可用也。

编辑标为：文曰："迅翁不可用也"。这成何话语。

不为改稿而改稿，即不是为了叫组长看自己的工作成绩，而故意把稿子大加删改，涂抹很多。

对稿件严肃认真，就是尊重作者，其他种种，都是无谓的客气。如发表作品，不要有恩赐观点或投机心理。能做到坚持原则，不做风派人物，那就更可贵了。

刊物要往小而精里办，不往大而滥里办。这不只是为了节省财、物、人三力，主要是为了提高创作的水平。编辑选登稿件越严格，应之而来的一定是创作水平的提高。反之，则会降低创作的水平。

刊物要有地方特点，地方色彩。要有个性。要敢于形成一个流派，与兄弟刊物竞争比赛。

投 稿

有志于文学创作，先从思想、生活、语言等方面，加强修养。但也需要投稿。刊物之于作者，如舞台之于演员，球场之于运动员，是必要的练习场所，必须上去。但要有充分的准备。

在学校，可在课堂上认真作文。经过老师评改，好的可在校刊上投稿。在工厂、农村，可在墙报上发表。再有进步，可在地方报刊投稿。不要一来就在大刊物投稿。这倒不是说客大压店，或店大压客。大刊物稿子太多。在地方报刊投稿，容易被选刊，可以得到鼓励。

投稿前，要经常阅读一些报刊，看看它的水平、内容、要求。稿子一定要抄写清楚，这一点很重要，有时就像在考场写卷子一样，字体不清楚是很吃亏的。常常发现，稿子写得乱，内容也就不好。内容好的，稿子一般抄写得也工整。

投稿，最好是按照邮局规章，把稿子寄到编辑部，下面用清楚字体注明姓名地址，以便联系。有些人名字写得很潦草，编辑认不出来，大家传阅，猜想，这是很不好的。

有人好带着稿子跑到编辑部，请编辑当面指点。这种办法并不好，临时仓促地看，不一定就能提出切实的意见。有的人未进编辑部之前，先买一盒好烟，进去了，张编辑、李编辑都敬一支，这种做法也不好。甚至于带上本厂的产品，给编辑以各种生活的方便。这都与提高稿子质量无关，甚至有害。

有的人，和编辑们混熟了，没有稿子，也往编辑部跑，一坐就是一两个小时，无所不谈。这种好跑编辑部的人，恕我直言，常常写不出什么好的作品。或原来写得还不错，后来反而退步了。

登门拜访成名的作家，或写信提出很多创作上的问题求教，我想收获也不会很大的。

初学写作，都希望有名师指点。但创作这一行，名师所能告诉给我们的，也不过是一些规律性的话，如劝我们深入生活，多读书，多积累词汇等等。名师不能把生活、思想感情、语言技巧塞到我们作品中。再说，作家也是新陈代谢的，后来居上。我们只能在前人留下的遗产中，吸取营养，接受经验。成功之路，还得自己一步一步地走去。

创作来源于现实生活，只有埋头苦干，坚持不懈，才有收获。希图捷径，是错误的。别人的帮助、提携，也是有限的。有这些时间，或深入生活，或熟悉人物，或汇集语言，或阅读作品，对创作都会更有益些。

至于专好打听文坛花絮、作家生活，播弄是非，散布流言，那已经是进入邪僻路径，更应该警惕。

古今中外，文坛从来被认为是个名利角逐的场所。"四人帮"更把它弄得污秽不堪。自从文痞姚文元以棍棒起家，平步青云，内居津要，外掌文权，声势显赫，俨然权威，这不能不引起一些浅见势利之徒的心热眼红。以为文艺和文艺批评这种意识形态，大有可为，一棍如果打中，即使成不了姚文元，也是一本万利，鸡犬飞升的腾达捷径。流毒很深很广。我们应该有意识地把它廓清，培植一代正气之花、磊落之树的新苗。这需要好的土壤，好的水源，精心的耕作，主要是靠作者自己刻苦努力。老一辈作家，主要是用他们的好的作品，切实可行的理论，指导帮助新的一代。

初学写作，最好是写你所熟知的，有亲身体会的事，要写短篇，一两千字的文章。写好了抄写清楚，先请老师看，再征求一些群众的意见，修改得满意之后，再寄给报刊。要持认真的态度，不抱侥幸的心理。稿件如果被退回来，也不要灰心，总结一下经验教训，以利再战。

稿件的被采用或被退还，都是正常的事，不要大惊小怪。稿子退回来，对初学者来说，自然是质量较差的可能性多些。但也不一定完全是这样。稿子不用，常常有多种情况，有时是不适合刊物当前的要求，这叫没赶上时候；有时是编辑一眼看高，一眼看低，这叫没遇见伯乐。如果自己有信心，过一个时期或另投他处，稿子终归有出路。

旧社会投稿是很困难的，那时刊物很少，又大都是同人刊物，不重视外稿。但就是那样，也不是所有的人材，所有的好作品，都被埋没了。现在我们有这样多的报纸杂志，又注意培养新生力量，才能与努力的成果，更不会被无端埋没。但不能因为条件好了，饭容易到口了，就马虎从事，那样可就成功不易了。

在学校作文，是作业，可以模拟他人，也可以抄录一些平日爱好的语句在自己的文章中。但从事创作，千万不能犯抄袭的毛病。一时写不出写不好，慢慢练习就是了。因为一旦犯了这种毛病，被人揭发，就会一蹶不振，名誉扫地。

（历史经验：三十年代有一个昙花般的作家叫穆时英。他在文坛出现，最初好像一颗明亮的星。当时影响很大的文学刊物《现代》，在画页上刊登了他的半身相片。

那时候，日本以翻译外国作品的快速著名，从日文重译，中国当时也能很快读到一些新的文艺理论和作品。日本那时有些作家在模仿外国文学的新流派，例如什么新感觉派的横光利一，中国就接连翻译了他的几篇小说。

穆时英最初是模仿日本的新流派，他马上红了起来。许多刊物向他拉稿，他供不应求，于是从模仿，一落而为抄袭。即从日文翻译，当成他的"创作"发表。不久被人揭发。旧社会对这种行为看得很严重，于是这颗新星迅速陨落，再也没有出过面，不知干什么去了。）

一九七八年四月三十日

谈校对工作

我国的文化，优良的传统之一，就是重视书籍、报刊的校对工作。凡是认真读书的人，有事业心的出版家，有责任心的编辑人员，都重视校对工作。因为，有好文章，固然是第一义，但如果没有认真的校对，好文章也会变为不好的文章，使人读起来别扭，甚至难以卒读。至于写文章的人，当然就更注意校对了，因为这一工作的负责与否，直接关系到他的文章的社会效果。

在我国，历代的读书人，都重视书籍的版本，校雠成了一种专门的学问。

在古代，校书的人，都是很有学识的人，一般说，校书的人，比起写书的人，知道的还要多些。有些青年作者，要出版著作，都是请先辈校正，并列衔于书前。鲁迅先生曾为不少青年作家校正文稿和出版物，他用的名称叫"校字"。

古代的书，抄写或是刻版，都是很困难的。书的印数和印出的时间，都受到限制，流传不广。越是如此，出版者的校对工作越是认真。有很多古书，抄写或刻印，都是作者或编辑者亲自校对，一字不苟，一笔一划都有讲究。有很多好的版本流传下来，使我们祖国的文化，得以发扬光大。

宋代和清代刻书，都很重视校对。明朝印书虽多，但很随便，所以有人说："明人刻书而书亡。"特别是清朝，有很多校书的名家，他们有的是收藏家，有的是考据家。经过他们校对的书，名望很高，大家都乐于得到，奉为典型。

近代印刷术进步，书报发行量大多了，流传更广了，校对工作，就更繁重。因此，大的出版业，都特设了专门校对的机构，校对工作才从编辑工作中分工出来。并形成一种社会习惯，好像校对人员比起编辑人员要低一等，其实不然。有些老的校对，正像老的排字工人一样，是很有学问很有经验的，常常为一般编辑所不及。过去商务印书馆出版的书，在版权页，印上校对者的名字，以明职责，这种办法很好。

近几年来，我们国家的文艺刊物增加了，内容质量非本文所及，姑且不论，只就校对工作而言，有不少是不能令人满意的。

按照通常道理，校对工作的质量，直接影响刊物的质量，也能影响刊物的信誉和发行数量，本应得到重视。但是在目前，好像有的刊物并不注意发行多少，对于信誉，也不大在乎。原因是它并没有成本核算，发行多少，赔钱多少，并不与编辑人员的事业前途、经济利益有关。这样，刊物编辑部就容易沾染官场习气。稍有文字工作履历的人，都提拔到了领导岗位。一个刊物有多层领导，名字虽不见于版权页，确实都有官称。当然，问题并不在于官称，而在于这些领导的责任感，他们并不重视刊物的校对。

一般文艺刊物，并没有校对科，校对工作，由编辑来做。他们让一些青年同志去做，这些青年在知识文化水平方面，因为前些年的教育问题，一般都很低。

按说，一个刊物的主编或副主编，除去要看全部稿件外，还要看看每期的排样。编辑部主任、组长，就更不必说了，对印出的每一句，每一个字，都要负责任。最近，我看到《长春》文艺月刊，每一篇文章之后，都注明责任编辑，错字，确实很少。最近一期，登了我的一篇短文，因为字句的问题，他们就曾两次寄信和作者商榷，非常认真。

一篇同类性质的文章，我寄给了《长城》文学丛刊。他们把原稿誊抄一次。发排后把清样寄给我，其中错误很多。我马上把校样寄回，附信请他们照改。结果刊物一到，令人非常不快，并且非常纳闷。

那是短短一篇文言文，两千来字。其中一句是："余于所为小说，向不甚重视珍惜。""所为"误为"所谓"。好像我不是对自己所作小说，而是对一切小说，都不重视珍惜了。为什么这样改，我还想得通，可能是编者只知"所谓"一词，不知"所为"一词所致。

令人费解的是，文中的文言的"亦"字，全部改为白话的"也"字，共有六处。这显然不是排错，也不是抄错，而是改错的。这岂不是胡闹？

我也曾自我检讨：现在，你弄什么有"复古"倾向的文言文？这很可能是对你的一种惩罚！

我的校样寄去之后，也一直收不到编辑部的回信；没有任何解释。我估计，凡是"负责同志"，都没有注意到这些错误，也不重视这种现象。我在这里特意提一下，算是为自己的文章，作个更正。

不认真读书的人，或者说，错个把字算得什么，何必斤斤于此呢？

真正读书的人，最怕有错字，一遇错字就像遇到拦路虎，兴趣索然。

我读过一部印刷粗劣的小木版的《笑林广记》，其中错字之多，以及错字的千奇百怪，使人实在读不成句。我左猜右猜，并寻找它出错的规律，勉强读下去，就像读一部"天书"。

后来，我问到一位内行人。他说，你看的这种小书，本来是和"天地灶马"一同印刷出版的，在那个地方，刻书的都是妇女，并不认识字。她们把样本贴在木板上，就用刀子去刻，东一刀，西一刀，多一刀，少一刀，她们都不在乎，有时是随心所欲地来上几刀。因此就出现了那么多奇怪的错字。她们是家庭副业，快快刻完印出来，是为的拿到庙会集市上去卖钱，她们完全不是为了做学问。

啊，这，我就明白了。

在旧社会，出一本刊物，是多么困难，卖一本书，又是如何困难。读书买书，都要经过多次考虑，掂斤簸两。虽不希望字字珠玑，也希望读起来怡心悦目。如果读起来错字连篇，像走坑坑洼洼的道路，何必又花钱买书呢？现在国家重视文化，出这样多的财力、人力、物力，办刊物出书，如果连校对工作都不认真去做，岂不是南辕而北辙吗？

一九七九年十一月十四日

文林谈屑

一

前不久,见到一家报纸,登了启事。大意是说,他们的报纸,是作协的机关刊物,领有该处主管部门的出版许可证,却被某省邮局,列入非法小报,予以没收,为此提出抗议。看后哑然失笑。因为这家理论刊物,理论登得不多,却接连不断登载"通俗小说",这些小说给我的印象,并不大好。邮局扣留,也算是事出有因吧。

作协办的,有许可证的,也不一定就都是"大报"。

二

有的文学刊物,改名不到一年,又要改换名称了。去年,刊物换名之风甚盛,一般是换为"某某小说"或"小说某某"。那时小说的销路好些。有的刊物初改名,销路确是上去了千把份,但不到几期，就又掉回原数。如质量不提高，改头换面，究竟不是长远办法。而改来改去，尤其不像话，有失体面。什么买卖，也得讲究货真价实，只换门脸招牌，解决不了问题。

三

据说，在"通俗小说"中，"公安小说"销路一直不错。有几家这样的刊物，生意兴隆，主办的人，也兴致勃勃。这种小说，古时称做公案小说，外国叫作侦探小说。当前有的叫案例小说，侦破小说，法制小说，其中都有犯罪行为，而以桃色案件为多。

有一家这样的刊物，约我写篇文章，我久久未能应命。原因是，我的想法，和他们的刊物，恐有抵触。

我以为读书兴趣，虽有人认为是一种消遣，其实也是一种社会心理的表现。社会心理就是社会意识。目前这类小说，就其内容来看，有些不一定能够达到宣传法制，惩恶劝善的目的。恕我直言，有的作品，甚至与这一目的南辕北辙。有不少的人，喜欢看这类作品，是很值得我们思考的。

四

一家刊物提出的"同名小说"，是越写越不带劲了。可还有别家刊物在模仿。模仿别人，在平常日子，也被认为是一种不高明的举动，在提倡勇于创新的时代，却常常走别人的脚印，这是什么道理?

前几年,提出"问题小说",有作品,有理论,热闹了一阵。现在又在大办"小说唱和",以为只要是名家出面,再弄些花色,刊物就可以多销,且看结果吧。刊物既是"商品",买主就要看看,是否货真价实。

五

听说各地新华书店积压的武侠小说太多,卖不动了。国家出版局也在警告:纸张全叫这类书占去,好书出不来了。给人的感觉,是晚了一步,早一点抓就好了。

事到如今,也听不到什么地方开会赞扬"通俗文学"了。那些理论家在会议上,胡乱吹捧了一阵,看见行情不妙,就又改写别的文章,吹捧别的新事物去了。才热闹了几个月,这股新浪潮就灯火下楼台,冷落了下来。不知这些积压的书,如何处理,经济效益又由谁人负责?

几个月前,风起青萍之末,一哄而来,致使一些敏感的理论家,认为是新的文学崛起。崛起得快,败露得也快。

六

又是三十年代。那时,就是一些皮包书店,野鸡书局,偷版漏税,也是出版一些对读者有益、有用的书,甚至革命的书,大书局不敢出版的书。没有听说谁家专印坏书、无聊的书以欺世获利。鲁迅与北新书局为版税,发生纠纷。鲁迅有一次对人说:李小峰不好好办书店,却拿出钱来,去办织袜厂。先生这话,是有些苛责了。北新书局还是印了很多好书,如果开列一个书目,那是要使当前的一些出版社,相形见绌的。如果是指该书局不按期给作家版税,自当别论。开袜子厂,是没有错的。书是人民需要,袜子也是人民需要,属于国计民生,至少是有利而无害的。

不久前,有些出版社,拿出大量资金,消耗大量纸张,去印无聊的、低劣的,甚至黄色有害的"通俗小说"、"武侠小说"。竞相仿效,你追我赶,一印就几十万册。书店也争相订货,书店几乎成了通俗小说专卖市场,形成"无侠不订货,无案不代销"的局面。其结果,流毒难以清算,这比起开办袜厂,问题就复杂得多了。

开书局,办出版社,总得有些识见,总得为文化事业着想吧,为什么会弄成这个样子? 也是不讲协调,不按比例办事的结果吧。

七

现在,妇女为了戴耳环,又在纷纷穿耳。自残身体,以求美观,本是一种原始举动,在多少年前,就反对掉了,现在又成了时髦,真是奇怪。从国外贩来的洋人估衣,不知道是死人穿过的,还是病人穿过的,现在也成了时髦货。青年人穿在身上,走在街上，去跳舞，去求欢，就不怕贻笑大方，传染细菌吗？

翻开一本文艺理论刊物，其中有些理论；翻开一本介绍外国小说的刊物，其中有些篇目，也给人以外国估衣的印象。理论是用新鲜名词作装饰，小说是用标题刺激读者。

八

读了两篇小说，是写人的原始本能的。就是把人物放在一种近于绝望的环境里，让他做本能的表现，互骂，互打，互咬。问了一位小说编辑，他说这种写法，还有一种理论。可惜我忘记了那个新名词。我看的这两篇，只能算是模仿，还不能算是创作。外国小说中，有不少是写人的本能的，当然其中也有高下之分。三十年代介绍来的，苏联拉甫列涅夫写的《第四十一个》，在当时是很有名的。我记得育德中学的图书管理员，一次在大会上讲演，就是讲的这篇故事，全场轰动。小说写一个红军姑娘和一个白军军官，在孤岛上相爱，一到救生船来，才各自意识到了本来的阶级。如果是在那些年，会有人说它是人性论或阶级调和论的。但这篇小说，在苏联好像一直平安无事，就因为它有那个不可动摇的结尾。

我读的这两篇小说，时间、环境观念不清，不知是发生在什么年代，什么特定的环境。只是写人的类似动物的本能，写人物的幻想、梦境，也是仿效外国小说的。

创作与模仿，怎么看得出来？创作的色彩是鲜明的，而模仿的东西，常常是模糊的。创作有作家自己的生活根据，而模仿只是根据作家读书的印象和得出的概念，经不起推敲，又谈不上创作的个性。

九

前几天，读了一篇理论文章，谈到鲁迅写的《故事新编》。

鲁迅的《故事新编》，就其历史知识，文学手法，哲学思想来说，都不是轻易就可以否定，更不是轻易就可以超越的。至于他当时为什么写这个，这就很难说了。因为，我们距离鲁迅所处的时代与环境，究竟是生疏了。对于当时鲁迅的思想和心情，如不设身处地，为逝去者着想，更难得其要领。

单就小说而言，自然是鲁迅初期的创作，更有现实意义，更与时代的脉搏相呼应。但如就杂文而言，则鲁迅死前之一日，其作品仍为革命文艺中最现实的。他的心，他的血液，正接连多灾多难的祖国的呼吸。他的一言一动，成为那一时代，对青年最有号召力、吸引力的号角之声。这一点，就是当时的革命作家，也都甘拜下风，尊为前导，后之来者，就不用多谈了。

现在，有些人对鲁迅的作品，抱冷漠态度，这原因很复杂，是多方面的。十年动乱，把鲁迅奉为主神的陪坐之神，强拉知己，无限制地印刷其著作，并乱加驴唇不对马嘴的解释，引出反作用，是原因之一。

鲁迅初期的创作，确是勇于借鉴西方的东西，以丰富自己。

但是，他的借鉴，是通过外国文学的革命的或进步的内容，涉及其形式与技巧。这一立场，直到他死前，所办《译文》仍为主流。其间着力介绍弱小民族战斗作家之作，是与祖国当时的处境，息息相关的。对于批判现实之作，也多有介绍。总之，以为鲁迅借鉴外国，只是追求创作的"现代化"，那是无稽的瞎子摸象之谈。

鲁迅的《故事新编》，也并非都是晚年的作品，其中有的还是他早年之作。一个作家的着力点是多方面的，就是他那战斗的主要方向，也不能不受个人生活经历的影响。一些寓言、讽喻之作，一些看来短小、无意义之作，在每个大作家的文集中，都有录存。因为对作家本人来说，这些作品，仍是关系其一生的重要资料。

鲁迅一生，虽战斗姿态凌厉，但对待文学创作，则非常谦虚谨慎，从未自放狂言，以欺世盗名。

十

近来一些文艺评论，唯心主观的色彩加重了。有些虽谈不上什么哲学思想，但在文字上，编造名词，乱作安置，把文艺现象，甚至创作规律，说得玄而又玄，令人难以索解。层次呀，结构呀，转化呀，渗透呀。本来是很简单的东西，一两句就可以说清楚。叫他们一说，拐弯抹角，头下脚上，附会牵强，连篇累牍，说个不完。这种文章，貌似很新鲜很洋气，很唬人，拆穿来，除去新名词，并没有什么新鲜货色。不过把过去人云亦云的道理，变个说法，变个道道而已。此风已影响到文艺教学，那些讲义，有很多是辞费，使学生越听越糊涂。

经过很多人的努力，经过很长一个过程，我们的文艺理论，才逐渐克服了欧化、生硬、空洞、不通俗、脱离实际种种毛病，现在又有旧病复发之势。再加上哲学思想，逻辑概念上的混乱，有很多文章，实在是叫人读不下去了。

与之相呼应的，是创作上的所谓"现代化"。脱离现实，没有时空观念，动物本能描写，性的潜意识，语言粗野，情景虚幻。这样的文艺作品，中国人是不习惯的。对于现实，对于人生，都不会有好处，却为一些作家所热衷，所追求，为一些评论家所推崇，所赞赏。也不知是何道理。

一九八五年九月二十七日

文林谈屑之二[1]

电报约稿

随着现代化的进展，现在有不少刊物，用电报约稿了。本来也没有那么急，写封信也可以办事，却常常拍电报。甚至刊物还没有创刊，就用电报把办刊宗旨、编辑条例等等，用一二百字，甚至五六百字的电文，拍给作者。

有人说，这样做，一方面表示隆重，作者受此隆重待遇，必有感动，感动之后，必有佳作。另外，也表示刊物仪态大方，不怕花钱。

电报约稿，在别人那里发生的效果如何，不得而知，在我这里得到的反应，却不太理想。

我们这里送电报，不知为什么都集中在晚上八点半以后。八点半以后这个时间，对一般职工来说，当然不能说是太晚，可能

---

[1] "之二"为编者所加。

一家人正在围桌吃饭，电报送来，送接都比较方便。但我是有病又上了年岁的人，八点钟我就上床睡下了。正睡得迷迷糊糊，先是院里大声传呼，然后是通通敲门砸窗，邻居惊扰，鸡犬不宁。又加上我是一人孤处，家无应门三尺童子，披衣起床，开灯找图章，踉跄跑出，既怕跌倒，又怕感冒。送报人走了以后，好久安静不下来，甚至失眠半夜。这样一来，心里先有三分反感，写稿的事情，就受了影响。

我觉得现在的刊物，主要是提高编辑质量和校对印刷质量。如果刊物的内容空洞，编校不负责任，出版拖期，只是在约稿上现代化，其作用是一定有限的。

小说名目

目前，小说的名目，越来越小了。有小小说、短小说、袖珍小说、一分钟小说、微型小说等等。小说的名目越来越小，而短篇小说仍是越来越长，这是什么缘故呢？因为，只是在名目上打转儿，并解决不了实际问题，何况这种做法，是一种退却的，甚至是全线崩溃的做法呢！鹜名者，必寡实，在这个问题上，也是同样。

我们的习惯，是立一个新名目，还要找到一个旧根据。例如微型小说，现在就在中国古典小说中，找到了不少根据，证明古已有之。是的，给微型小说找祖先，在中国古典文库中，是俯拾皆是的。虽然实质上并不一定相同。比起前些日子给意识流小说找中国祖先,总是容易得多了。硬拉中国古旧小说,称之为中国早已有之的意识流,那确是很牵强附会的。

问题当然不在于有没有中国祖先,有用的东西,纯属舶来之品,有何不好呢?我们不是都在用着吗?

立了这么多短小的名目,短篇小说的长风,并没有刹住,于是有人就主张再建立一种"中短篇"的小说形式,不知试验成功了没有?

长者自长,短者自短,并存也可。这都是就形式讲话。其实,长短并不在名目,而在生活内容。生活内容空虚者,其作品必长。因为他没有实质的东西,必须去现编故事,故事又须编得圆满、热闹,自然就长起来了。反之,有生活根柢的人,他的作品必短。因为他须从丰富的积累中,选择其最有意义,最有表现力的部分。

如果没有生活的实质,只叫他往短里写,形式虽然微型了,其内含也就濒于无形了。

一九八二年六月十九日晚

自然生态

自然生态之奥秘,现所知者虽甚少,莫能究其终极,然表现于生物者,其复杂微妙,已使人瞠目结舌。一物之生,必有依附。有促进其生长者,有破坏其生长者。有貌似促进,而实际破坏者。有表面对其有害,而实际对其有益者。有道有魔,道魔相生相克,形成壮丽的大自然，奇异层出，仪态万千。

文坛亦小自然也，亦有其自然生态。一个作家，如是一株植物，则根生于土壤，吐纳为氧氮。在它周围，或者在它身上，有蜂蝶，有虫蚁，有细菌。有风，有雨，有雹。有养护，有践踏，有修剪，有摧折。如系动物，则虎前必有伥，腥膻者，必有蝇飞蚁附。千年万年，都是这个样子。

大家看过《红楼梦》，贾政身边有几位清客。他这几位清客，和《金瓶梅》里西门庆身边的帮闲，大不相同，然其生活方式、生存目的则一样。贾政当然算不上一个作家，但他确是一个权威。在他那个文坛上，总是由他拍板算数的。

清客在旧社会，是一种行业，并不是人人都干得来的。他要有一定的政治嗅觉，知道该到谁家去，不该到谁家去。要有一定的文化修养，还要有一定的专长。其中有的人，如果努力发展他的专长，也可以自立成家，不再当清客。但多数人就以此业，了此一生。

除去文化修养，他还要有社会经验。特别要懂得人情世故，其中主要一点，就是拍马捧场。

贾宝玉在大观园吟诗题匾那一段，就充分表现了清客这一行的真正功夫。每一发言，都要看贾政的脸色，还要照顾到宝玉的情绪。在老权威和青年作家中间，折中迎合，两方面得其欢心，这是很不容易的。

清客一途，其鼎盛时期，随着八旗子弟的消亡而消亡了。但随着新势力的兴起，有些人又复活了。在文坛上，这种人也是不可少的，也属于自然生态的一部分。想叫他不活动，是不可能的，也不一定是有利的。

但在这些人的包围之下，主人是要保持清醒头脑的。因为，凡是清客，都是走家串户的，并非专主一家。他到甲家，则为甲家之清客；到乙家，则又为乙家之清客。在你这里，说的是一番语言；在别处，说的就又是另一番语言了。

一九八二年六月二十日晨

文字疏忽

近日，在一家地方报纸上，看到把程伟元，排印成了程伟之，这可能是排错了，校对和编辑，对这个人名生疏，看不出错来。又在一家地方出版的文艺理论小报上，看到把章太炎的名，排印成了"炳鹿"，赫然在目，大吃一惊。一转念，这也无需大惊小怪，编辑不知道章太炎名炳麟，在当今之世，实乃平常。又在一家销路很广专为文学青年办的杂志上，看到把一句古诗"乐莫乐兮新相知"，排印为"禾莫禾兮渐渐相知"，初看甚费解，特别是"渐渐"二字。后来一想，这很可能是原稿的字不好辨认，因此把乐排成了禾苗的禾。但既是一句诗，本来是七个字，现在排成"渐渐相知"，明显地成了八个字，就没有引起编辑同志的注意吗？又听说，这家刊物有会签制度，即一篇稿件，要经过众多的编辑人员"会签"意见，发生了这样重大的错误，怎么也看不到个更正呢？（可能要有更正，笔者尚未见到。）

总之，现在印刷品上错误太多了，充分表现了常识的缺乏。青年人从这种刊物上，得到一点知识，先入为主，以后永远记着章太炎名"炳鹿"，岂不是贻误后生吗？

当然，在有些人看来，这都是芝麻粒小事。知道章太炎名炳麟，不一定就会升官晋爵，不知道，也许会官运亨通。当然读书和做官，是两回事，不读书，照样可以做官，甚至可以当刘项。但当编辑，也是如此吗？可能，可能。因为编辑还可以升组长，编辑部副主任、主任，副主编、主编，官阶在眼前，正是无止境呢！把精力时间，用在读书上对前程有利，还是用在拉拢关系上和培植私人势力上有利，有些人的取舍，是会大不相同的。因此，刊物也只好编成这个样儿了，销路日见下降，自有国家填补，自己的官阶，可是要一步步登上去，不能稍有疏忽的。

有些人确实对文字疏忽大意，对宦途和官级斤斤计较，甚至"盯"和"瞪"两个字的含义也分不清，而历任"编辑部具体负责人"、"编辑部主任"之职，平日如何看稿，就可想而知了。

一九八二年十二月三十日下午

刊物面目

我还记得，在十年动乱后期，作为门面，"四人帮"在各地恢复了文艺刊物，名称一律是文艺之上，冠以地名。封面、版式、内容，都是清一色的，排列在报刊架上，整齐划一，而一本一本翻过，实在没有不同特点的新鲜内容。

"四人帮"倒台以后，各省市的大批判组、创评组之类的名义取消，刊物也逐渐改易了一些名字，或以名胜，或以花朵，看来是有些差异了，但是版式大小，内容编排，还是有划一之感。在文章编排上，一般都是四大类：小说、散文、诗歌、评论。各有固定地位，固定页码，固定负责人，编辑部成为一种割据之势。当然作品的内容和"四人帮"时期，已有很大差异，但如果永远保持这样一种"千刊一面"的状态，也有些和刊头经常呼喊的"革新"、"创新"的口号，不大协调。考其原因，是刊物的名称虽换，而编辑部的体制，则仍是钟篪不移，庙貌未改。新出的大型文艺刊物，如双月刊、三月刊之类，在版式编排上，也有这种仿照行事的现象。

文章题目

近年读文章，姑无论对内容，如何评价，对文章题目，却常常有互相因袭的感觉。例如杂文，几乎每天可以看到"从……谈起"这样的题目，散文则常常看到"……风情"之类。最近一个时期，小说则多"哼、哈、啊、哦"语助之词的题目，真可说是"红帽哼来黑帽啊，知县老爷看梅花"，有些大杀风景之感。当然，文章好坏，应从内容求之，不能只看题目，但如果"千文一题"，也有违创新、突破之义吧？

曹雪芹写了一部小说，翻来覆去想了那么多的题目，列之篇首，各有千秋，使人深思，不忍舍去。我们既然"创造"出来一篇作品，何不再费些功夫，创造个与前人不同的题目，反而去模仿别人已经用过的甚至用滥的题式呢？

当然，我们过去在政治生活中，曾有过人云亦云，顺杆爬，踩着别人脚印走的时期；在经济生活中，也曾有过吃大锅饭，穿一色衣服的时期。但这些随大流的思想，不能应用于今天的文化，今天的创作。其理甚明，就无须再说了。

一九八三年一月五日下午新的一年试笔

评论家的妙语

凡是有记忆能力的人，凡是关心文坛事业的人，都能记得，这些年，在一些评论家的笔下，赞扬了多少短篇小说、中篇小说和长篇小说。在他们笔下，经常使用的赞美词，是创造了某种典型、某种英雄人物，和某一方面的史诗，或者客气一点说，历史的画卷。典型、史诗、画卷，差不多可以从每一篇文学评论中看到。在我们的印象里，小说创作，典型人物到处是，史诗、画卷，毫无疑问地汗牛充栋了。

可是，今天读了一位评论家对小说创作的估计，却用的是："呼唤史诗的时候已经到来"——这样带有保留性的词儿。这是怎么一回事？前此所说的那些史诗，都不算数了吗？

只是到了呼唤的时候。呼唤史诗和肯定了那么多史诗，相差远矣。而呼唤是很难保证的。可以一呼即出，也可以千呼万唤始出，也可以呼而不应，始终不出。

这种带有保留的提法，究竟比那些胡吹乱捧，慎重可靠得多了。这样提，也不一定就产生悲观的结果。正像胡吹乱捧不一定能产生乐观的结果一样。因为一部长篇小说，能否成为史诗，并不是一位评论家或几位评论家，一呼即出，一言可定的。史诗要出来，也不一定等人呼唤。你呼唤它，它也许出不来，你不呼唤它，它也许就出来了。总而言之，出现一部真正的史诗，像创造出一个真正的文学典型一样，并不是那么轻而易举的事，也不是评论家随心所欲的事，而是时代和社会的推动，作家认真努力的结果。

作品不是史诗，怎样吹，有多少人吹，也吹不成史诗。或者当了几年"史诗"，又被人们忘记了，这算什么史诗？典型人物，也是如此。

评论家拿着"典型人物"、"史诗"，去送给作家，好像也不费什么力气，又不花钱。其实这种做法，不只无助于典型、史诗的到来，反而会阻碍典型、史诗的产生。

因为稍有文学常识的人都知道，一部史诗的产生，谈何容易？古往今来，世界各国，所谓史诗也者，也是屈指可数的。

对评论家来说，给作家指出些切实可行的路，对作品说些实事求是的话，比站在高处，吹大话，瞎指挥要好得多。对作品乱加封号，只能助长作家的轻浮，于创作是不利的。对作家来说，最重要的是要下一番苦功。这样评论家再去呼唤，就有些把握了。

"复杂的性格"论

有一种理论，把人物性格的复杂化，提到了最高度，可以说是有了复杂化，就有了小说创作的一切。

这种理论，对我来说，是难以理解的。

我对典型性格的理解是：既是典型，就是有一定范畴的型。既是有一定范畴的型，就是比较单纯的、固定的、不同于别人的型。

我们无妨举些例证。比如说贾宝玉，这是大家公认的典型人物，他的性格，就是贾宝玉的型，它有什么复杂性呢？林黛玉的性格，也是如此。如果在林黛玉的性格以外，再加薛宝钗的性格、王熙凤的性格，这样复杂是复杂了，那这三个人物又如何区别呢？又何以能称得起典型性格呢？你的性格也复杂，他的性格也复杂，那不成了性格的大锅饭吗？

按照这种理论的含义，可以认为他指的是：凡是人，性格中既有善，亦有恶；既有美，亦有丑；既有英雄，亦有鄙卑；既有慷慨，亦有自私。只有这样，才叫复杂，才是真正的典型。这种理论，能够成立吗？能够向青年作家推荐吗？

这种理论，我虽是第一次系统地看到，它的出现，实际已经有好几年了。在它出现的时候，正是一些人忽视现实生活对文艺创作的决定性作用的时候。有些青年，认为只凭主观想象，也可以创作出伟大的作品，也可以塑造出成功的典型。有这种想法，又碰上了这种理论，于是凭空设想，把人物写得很复杂。这种复杂，当然不是根源于现实，而是随心所欲，剪贴拼凑而成。都是沿着亦好亦坏，亦英雄亦不英雄的路子去写。一时文坛上出现了那么多反现实主义的作品，甚至是有害的作品。

现在大家都在重新强调现实生活对创作的重要性了，仍然强调这样一种理论，不是很大的矛盾吗？

因为，人为的简单化固然可以产生概念化的作品；人为的复杂化，同样也会产生概念化的作品。

我读过一些青年作家的小说，在他们把人物写得单纯一些的时候，我觉得是真实可爱的，在他们着意把人物复杂化的时候，他们的作品失败了。

所谓典型，其特征，并不在于复杂或是简单，而是在于真实、丰满、完整、统一。复杂而不统一，不能叫做典型，只能叫做分裂。而性格的分裂，无论在现实生活中，或是小说创作上，都是不足取的，应该引以为戒的。

所谓复杂，应该指生活本身，人物的遭逢、人物的感情等等而言，不能指性格而言。在这一方面，过多立论，不只违反生活的现实，对创作也是不利的。

一九八三年一月二十九日下午

名山事业

自从司马迁说，要把自己的作品，"藏之名山，传之其人"

以来，文学事业与名山的关系，就非常密切了。虽然司马迁并没有把所作《史记》，真的送到名山去埋藏。他的作品，以其特殊的成就，没有等到他死，就流传开了，而且一直流传下来，成为人人必读之书。

唐朝的白居易鉴于文人的事业，常常被兵火所消失，他在生前把自己的诗文编辑好，抄写五部，分送五大名山，藏于五大名寺。真有效果，他的集子，完完整整地流传下来了，未失一字。白居易一定含笑于九泉，庆祝自己措施的得当。

明末清初的王夫之，是逃到深山里，读书并写作的。他潜心读书，然后写出心得，发挥自己的思想和见解。他的著作，细密而精到，是只有在深山之中，断绝一切尘念，才能写出来的。

《红楼梦》据说也是在北京西山写出来的。

看来，山和文学，确实有一种美好姻缘，就像它和水的关系一样，在互相呼应着，在互相促进着。

抗日战争时期，我们这一辈人的文章，也是在山里写出来的，虽然那里说不上是名山，我们的作品，也说不上是名文。

近年来，各个出版社，各个杂志社，如果所在省、市，有名山名水，每逢适当季节（庐山、海滨则宜夏，岭南则宜冬），总是约请各地名流作家，到那里集会十天半月，一方面是尽地主之谊，另一方面，是请作家们给出版社或刊物，写些稿子。作家们或单身或携眷到达之后，居停于宾馆别墅，徜徉于名胜古迹，杯酒交欢，吟风弄月，自有一番盛况。开支多少，所得几何，因未曾主持过，也未曾躬逢其盛，不得而知。但从透露出来的消息看，稿件是没有多少收获的。作家们游得谈得虽然很热烈，临散会，顶多交一篇游记或即兴诗，就飘然下山去了。当然，长线钓大鱼。既有此番情谊，以后也许寄个中篇小说来，也说不定。

还要摄影留念，其镜头焦点，多集中到一些女性新秀的身上。

宾馆文学

刊物没有像样的头条稿件，就从外省外市，约请一位当前很红的作家来，把他请进当地高级宾馆，开一个房间，日供三餐美食烟茶水果，为刊物创作"头条"。交卷之后，并在宾馆门口，摄影留念，特别把高级宾馆的牌子，也收入镜头。以作此番写作的纪念。

因为没有被人请去过，所编刊物，本小利薄，也没有到外埠请过名人，所以此中滋味，不得而知。

现在一些作家的居住条件差，也是知道一些的。但高级宾馆，就那么适于创作吗？想来也不尽然。姑不论，宾馆之内，人来人往；食堂之内，乱乱哄哄。加上身为客人，人生地疏，如果是我，虽有沙发软床，华灯地毯，也是安不下心来的。

当然，听说还有一种特别高级的宾馆，那里面是花木满园，闲人免进，远离市廛，鸦雀无声，最适宜于构思。这种仙境，因为未得亲见，不能揣摩，每天要花费多少钱，所写出的文稿，能否抵消得过姑且不论。如果是个乡土作家，一进这种所在，不是要成为刘姥姥，还能写出东西来吗？

曹雪芹曰：茅椽蓬牖，绳床瓦灶，未能妨我襟怀。可见，创作贵有襟怀，有之虽绳床瓦灶，也无妨文思泉涌；无之，虽金殿皇宫，也无济于事的。

有的刊物，等而下之，小气些，他们把当地的业余作者，集中在一家不怎么样的招待所里，限期叫他们写出"头条小说"。这简直是采取科场制度，成心叫业余作者受罪了。

但如果有人真的写出了成功之作，刊在了头条，一炮打响，随即获奖，一举成名，那又怎么说呢？那就让我们高呼宾馆文学的胜利吧！

一九八三年三月十八日午后

运动文学与揣摩小说

我看过一部小说的提纲，主人公是一位"识时务"的女人，最早的丈夫是一个反动军人，革命到来，她立刻改嫁一个革命军人。"反右"时，她的丈夫遭难，她改嫁一个左派。"文化大革命"时，她改嫁一个造反派，随后又改嫁一个什么派。作者把她叫作运动夫人，一生处于不败之地。

但听说这小说终于没有写成，因为作者虽对社会人情有所感慨，他自己并没有多少这方面的实际体验。另外这种设想，也是不大可能的。因为一个女人的时光有限，多么好的如花美眷，也逃不脱似水流年。她的一生，也只能运动两次到三次，再多就不好找对象了。

他的小说虽然没有写成，却使我想到：近几十年来，在文学作品中，也有一种类似"运动"的情况。

应该申明：在革命历程中，文学作品为宣传服务，平心而论，这是不可避免的，更是不可厚非的。每一个革命时期，每一个革命任务的执行，有些及时的短小的文艺作品加以配合，是理所当然的。这里指的不是这种文艺作品。

这里指的是：作者本来对革命也没有多大热情，对革命的理论和实际，也没有多少理解和实践。他只是为了解脱自己当时的处境，想得到一种飞升，随即揣摩上面的意旨，领会当前的形势，连夜赶制长篇小说，企图一炮打响，一举成名。这种作者的功夫，主要不在艺术，而在揣摩。他的文学修养，也只是读过几本甚至几篇小说，特别是革命历程和本国大同小异的那些国家的小说。记住一些小说程式，人物性格和故事情节，然后加以融会贯通，使之洋为中用。

这种小说的生产，众所周知，主要是为了"爆炸"，所以他特别注意的是政治上的应时。而政治有时是讲究实用的，这种小说的出现，如果弄对了题，是很可以轰动一时的。

这种小说，成功以后，还经常伴随着一阵庸俗的社会学：有真人真事作根据呀，时代突出的典型呀，到所写地点参观访问呀，找模特儿听取先进经验呀，顿时举国若狂，像大寨和小靳庄当年造成的声势一样。

因为这种小说，其产生并非根据现实生活，艺术上更没有经得起推敲的素质，不过是应合时尚的中彩之作，所以时间不长，就被证明不是那么回事。从它那里吸取的经验，不只不先进，而且用不上，用上就坏事，热闹一阵也就完事了。人们对文艺毕竟是宽容的，不像对大寨经验、小靳庄经验那么认真。作者名利双收之后，却以为这毕竟是一条成功之路，就又去揣摩新的应时的主题去了。

这种小说，就可以叫作"运动文学"。

最早的运动小说，基调多是歌颂，人物多是英雄。"四人帮"时期，登峰造极，英雄人物达到不食人间烟火、毫无个人私欲的程度。最近一个时间，则伴有揭露，或以揭露为基调。人物性格变得复杂化，具备各种情欲，特别是性方面的情欲。但总起来说是个"正派人"，他所反对的不过是那些顽固保守势力。

这可以说是运动小说的第二次运动。但运动来运动去，细心的读者可以看出，"四人帮"时代的小说模式，虽然已经改头换面，而其主题先行一点，确实已经借尸还魂。但这一情况，实际也是运动小说"成功"的契机。

揣摩小说，谈不上什么现实主义，这一方面的有为之士，也很少谈现实主义。现实主义，是反映现实的。而揣摩小说是空中楼阁，是拆烂现实，是装潢的西洋镜。

揣摩政治气候的小说，站不住脚，紧跟政治形势的作品，也常常以失败告终。我有一个朋友，他在"文化大革命"之前，经营一部长篇小说。最初的主题是写"反右"，形势一变，随之改为"反左"。形势又变，又恢复"反右"。改来改去，终于把一部小说，改得没有东西了。

以上，并非忽视政治。政治对现实生活，影响巨大。文学作品只能反映现实生活中已经受到的政治影响，而不能把自己对政治的揣摩，罩在生活的上面，冒充现实。

然而，运动小说，还是会运动下去的。

一九八三年四月二十一日

庸庐闲话

我的起步

我初学写作时,在农家小院。耳旁是母亲的纺车声和妻子的机杼声,是在一种自食其力的劳动节奏中写作的。在这种环境里写作,当然我就想到了衣食,想到了人生。想到了求生不易,想到了养家糊口。

所以,我的文学的开始,是为人生的,也是为生活的。想有一技之长,帮助家用。并不像现代人,把创作看得那么神圣,那么清高。因此,也写不出出尘超凡,无人间烟火气味的文字。

大的环境是:帝国主义侵略,国家危亡,政府腐败,生民疾苦。所以,我的创作生活一开始,就带有浓重的苦闷情绪和忧患意识,以及强烈的革命渴望和新生追求。

我的戒条

写小说,不能不运用现实材料。为了真实,又多运用亲眼所见的材料。不可避免,就常常涉及到熟人或是朋友。需要特别注意。

不要涉及人事方面的重大问题,或犯忌讳的事。此等事,耳闻固不可写,即亲见亦不可写。

不写伟人。伟人近于神,圣人不语。不写小人。小人心态,圣人已尽言之。如舞台小丑,演来演去,无非是那个样儿。且文章为赏心悦目之事,尽写恶人,于作者,是污笔墨;于读者,是添堵心。写小人,如写得过于真实,尤易结怨。"宁得罪君子,不得罪小人。"在生活中,对待小人的最好办法,是不与计较,而远避之。写文章,亦应如此。

我的自我宣传

按道理说,什么事,都应该雪中送炭,不应该锦上添花。但雪中送炭,鲜为人知,是寂寞事。而锦上添花,则是热闹场中事,易为人知,便于宣传。

我是小学教师出身,一切事情,欲从根底培养。后从事文艺工作,此心一直未断,写了不少辅导、入门一类的文字。当时初建根据地,一切人才,皆需开发,文艺亦在初创之列。

我做的这方面的工作,鲜为文艺界所知。一位领导同志,直到有人送了他一部我的文集,才对我说:"你过去写了那么多辅导文章,我不知道。"

我在延安时,只发表小说,领导同志就以为我只会写点小说。"文化大革命"以后,他来我家,问我在写什么,我说在写"理论"文章,他听了,表情颇为惊异。还有些不以为然的样子,大概是认为我不务正业吧。

到了晚年,遇有机会,我就自我宣传一下,我在这方面,曾经做过的工作。理论文章的字数,实际上,和我创作的字数差不了多少。

西安事变时,我有一位朋友,写了一个剧本,演出以后,自己又用化名写了长篇通讯,在上海刊物上发表,对剧本和演出大加吹捧。抗战时,我们闲谈,有人问他:你怎么自吹自擂呢?他很自然地回答:因为没有别人给宣传!

我最佩服的人

要问我现在最佩服哪一个,我最佩服的是一位老作家。此公为人老实,文章平易,从不得罪人。记忆又好,能背写《金瓶梅补遗》。一生平平安安,老来有些名望,住在高层,儿孙满堂,同老伴享受清福。还不断写些歌颂城市建设的散文。环顾文坛,回首往事,能弄成像他这样光景的,能有几人?

听说他在"文化大革命"时,给机关的两个造反派卖小报。左右手分拿,一家十份,不偏不倚。后来,他又把自己默写的"补遗",分送给"核心"成员。这些成员,如获至宝,昼夜讽诵,竟忘记了红宝书语录。这一举,可谓大胆。如果当时有人揭发,他的罪名岂止"瓦解斗志,破坏革命"?这样老实人,敢这样做,是他心里有数。他看准这些"核心",都是外强中干,表里不一的卑琐之徒,是不堪糖衣炮弹一击的。从这里也看出,此公外表憨厚,内心是极度聪明的。

一九九二年一月七日

我与官场

我自幼腼腆,怕见官长。参加革命工作后,见了官长,总是躲着。如果是在会场里,就离得远些,散会就赶紧走开。一次,在冀中区党委开会,宣传部长主持。他是我中学时同学,又是抗战学院同事。他一说散会,我就往外走。他忽然大声叫我,我只好遵命站住。

因为很少见到别的官,所以见宣传部的官,就成了我的苦事。很长时间,人们传说我最怕宣传部。有一次朋友给我打电话,怕我不接,就冒充宣传部。结果我真的去接了,他一笑。我恼羞成怒,他说是请我去陪客吃饭,我也没去。

我也不愿见名人。凡首长请文艺界名人吃饭,叫我去,我都不去。后来也就没人再叫我了,因此也没有吃好东西的机会。

有一次,什么市的作协,来了一个副主席。本市作协的秘书长来请我去陪客。因为和那个副主席熟识，我就去了。后来，秘书长告诉我：叫我去，是对口，因为我是本市作协的副主席。我一想，这太无聊了，从此就再也不去"对口"。

文艺界变为官场，实在是一大悲剧。我虽官运不佳，也挂过几次职称。比如一家文艺刊物的编委。今天是一批，明天又换一批，使人莫明其妙。编委成了"五日京兆"，不由自主地浮沉着。我是在和什么人，争这个编委吗？仔细一想，真有点受到侮辱的感觉。以后，再有人约我，说什么也不干了。当然，也不会再有这种运气。

文艺受政治牵连，已经是个规律。进城后，我在一家报社工作。社长后来当了市委书记，科长当了宣传部长。我依然如故，什么也不是。"文化大革命"，我却成了他们的"死党"。这显然是被熟人朋友出卖了（被出卖这一感觉，近年才有）。要说"死党"，这些出卖人的，才货真价实。后来，为书记平反，祭墓，一些熟人朋友，争先恐后地去了。我没有去。他生前，我也没有给他贴过一张大字报。

文人与官员交好，有利有弊。交往之机，多在文人稍有名气之时。文人能力差，生活清苦，结交一位官员，可得到一些照顾。且官员也多是文人的领导，工作上也方便一些。这是文人一方的想法。至于官员一方，有的只是慕名，附会风雅，愿意交个文化界的朋友；有的则可得到重视知识分子的美名。在平常日子里，也确能给予文人一些照顾，文人有些小的毛病，经官员一说话，别人对他的误会，也可随之打消。但遇到像"文化大革命"这样的运动，则对两方都没有好处。官员倒霉，则文人倒霉更大。文人受批，又常常殃及与他"过从甚密"的官员。结果一齐落水，谁也顾不了谁。然在政治风浪中，官员较善游，终于能活，而文人则多溺死了。

至于所交官员，为风派人物，遇有风吹草动，便迫不及待地把"文友"抛出去，这只能说是不够朋友了。

总之，文人与官员交，凶多吉少，已为历史所证明。至于下流文人，巴结权要，以求显达，那又是另外一回事了。

一九九二年一月十日

我的仗义

三年前，搬到新居，住在三层。每逢有挂号信件到来，投递员在楼下高声呼叫，我就心惊肉跳，腿也不好用，下楼十分艰难。投递员见我这样，有时就把信给我送上来，我当然表示感谢，说几句客气话。

过了一些时候，投递员对邻居抱怨说："这位大爷，太不仗义了。"邻居转告我，我一时明白不过来。邻居说："送他点东西吧，上楼送信，是分外劳动。"过年时，我就送了他一份年历，小伙子高兴了，我也仗义了。

其实，我青年时很热情，对朋友也是一片赤诚，是后来逐渐消磨，才变成现在这样不"仗义"。

我曾两次为朋友仗义执言。一次是"胡风事件"时，为诗人鲁君，好像已经谈过，不再详记。另一次是为作家秦君，当时他不在场，事后我也没有和谈过。

一九四六年，我回到我的家乡工作。有一次区党委召集会议，很是隆重，军区司令员、区党委组织部长，都参加了。在会上，一个管戏剧的小头头，忘记了他姓什么，只记得脸上有些麻子，忽然提出："秦某反对演京剧，和王实味一样！"

我刚从延安来，王实味是什么"问题"，心里还有余悸。一听这话，马上激动起来，往前走了两步，扶着司令员的椅背，大声说：

"怎么能说反对唱京戏，就是王实味呢，能这样联系吗？"

我的出人意外的举动，激昂的语气，使得司令员回头望了望，他并不认识我。组织部长和我有一面之交，替我圆了圆场，没有当场出事，但后来在土地会议时，还是发生了。

仗义，仗义，有仗才有义。如果说第一次仗义，是因为我自觉与胡风素不相识，毫无往来，这第二次，则自觉是本地人，不会被见外。

现在，我可以说，当时有些本地人是排外的。秦是外来人。他到冀中，我那时住在报社，也算客人。秦来了，要吃要住，找到我，我去找报社领导，结果碰了钉了。

在秦以前，戏剧家崔君，派来当剧团团长，和本地人处得不好。结果，在一次夜间演出时，被群化了装的警卫人员，哄打一顿，又回了原单位。

文艺界，也有山头，也怕别人抢他的官座。这是我后来慢慢悟出的道理。

秦后来帮我编《平原杂志》，他也会画。有一期封面，他画的是一个扎白头巾的农民，在田间地头，用铁铲戳住一条蛇。当时，我并没有看出他有什么寓意。很多年以后，我才悟出，这是他对地头蛇的痛恨。好在当时地方上，也没有人注意到这一点。不然，那还了得。

自秦以后，我处境越来越不好，也就再也不能仗义了。

一九九二年三月二十四日

排外的又一例是：写小说的孔君，夫妻俩来这里下乡、写作。土地会议时，三言两语，还没说清楚罪名，组长就宣布：开除孔的党籍。我坐在同一条炕上，没有说一句话。前几天，我已经被"搬了石头"。

其实，外地人到这里来，如果能和这里的同行，特别是宣传干部，处得好，说得来，就不会出这种事。无奈这些文艺工作者，都不善于交际，便被说成自高自大。随后又散布流言，传给领导。遇到时机，就逃不脱。因为领导对这些外来者，并不了解，只听当地人汇报。

四月三日晨补记

文事琐记

风烛庵杂记

一

五十年代末,一位姓王的文教书记,几次对我说:"你身体不好,不要写了,休息休息吧!"我当时还不能完全领会他的好意,以为只是关心我的身体。按照他的职务,他本应号召、鼓励我们多写,但他却这样说,当然是在私下。我后来才体会到,在那一时期,这是对我真正的关心和爱护。

这位书记,已经在"文化大革命"中惨死。他自然也不是完人,也给我留下过不太好的印象。但总起来说,他是个好人。古人称这样的人为君子,君子爱人以德。

二

有那么很多年,谁登台发言,或著文登报,"批判"了什么人,就会升官晋爵。批判的对象越大越重要,升的官位就越高。这种先例一开，那些急功好利之徒，谁不眼红心热？流风所及，斯文扫地。

一九四八年，我当记者时，因为所谓的"客里空"错误，受到一次批判。我的分量太轻，批判者得到的好处，也不大，但还是高升了一步。

冤家路窄，进城以后，我当记者，到南郊区白塘口一带采访时，又遇到了这位同志。他在那里搞"四清"，是工作组的成员。他特别注意我的采访，好像是要看看，经过他的批判，我在工作上有没有进步。有一次，我到食堂去喝水，正和人们闲聊，他严肃地对我说：

"到北屋去，那里正在汇报！"

我没有去。因为我写的文章，需要的是观察体验，并不只是汇报材料。

"文化大革命"期间，这位同志，和我同住一间牛棚。一同推粪拉土，遭受斥责辱骂，共尝一勺烩的滋味，往事已不堪回首矣。

三

凡能厚着脸皮批判别人的人，他在接受别人对他的批判时，脸皮也很厚。"文化大革命"初期，我和一位同志同受批判，台上发言者嗷嗷，台下群众滔滔，他不动声色地坐在那里，光着的两只脚，互相摩擦着，表现得非常悠闲自然。后来"造反派"不断对他进行武斗，又把他关了起来，他才表示屈服。

四

"文革"那几年，编报也真难。每天有领袖像，而且越来尺寸越大。不只前后左右，要注意有无不好的字眼，就是像的背面，也要留心。只要有人指出，有什么坏字坏词，挨上了相片，那就不得了。那时报纸上，咒骂和下流的话语又很多，防不胜防。每日报样印出，必经多人审查，并映日光而照视。虽然"造反派"掌握了新闻大权，也是终日战战兢兢，不知什么时候，成为现行反革命。

五

"文革"时，我们这些"走资派"搞卫生，照例是把纸篓里的脏纸，倒进院里的大铁桶，以备拉走。有一次，不知是谁那么眼尖，看到了从报纸上撕下的一片领袖像。那时，每天的报上，都有大幅领袖像，恐怕是谁一时不留心用了，随手倒进去也就算了。他却捡出来，报告了造反总部。一经报告，又有物证，必须查处。一阵人慌马乱，还终于查出来了。据说是传达室值夜班的一位女同志。这位年纪轻轻的女同志，从此患了神经病，两年以后，投河自尽。

六

现在，我想，人是有君子、小人之别的。古代的哲人，很早就发现了这种区别，并描绘了他们的基本特征。有关小人特征的古语是：见利忘义。势利小人。近之则不逊，远之则怨。小人得势，不可一世，等等。

人，成为君子，或成为小人，有先天的，即遗传的因素，也有后天的，即环境的因素。文化教养，也有影响。古代和近代，都曾有人主张经过教育，可使人成为君子，失去教育的机会，乃成为小人。实际上，一般文化教育，起不到这样的作用。法律和法制，却可以起到这种作用。所以，历代都重视"律"。

抗日战争是一种神圣的民族解放战争，在当时，舍身卫国，志士仁人，到处都可以遇到，人人思义，人人忘利，人人都有可能成为好人。"文化大革命"期间，及其以后若干年，为何随时随地都可以遇到不折不扣的小人之行呢？显然不单单是教育或文化的问题，而是当时的环境，政治土壤，培育了君子之心，或是助长了小人之志的结果。古语说："小人惟恐天下不乱"。"文化大革命"取消了作为国家命脉的法制，使那些小人真的变得"无法无天"了。

一九八六年四月十七日剪贴旧作

风烛庵文学杂记

写历史,就专门去找那些现在已经绝迹,过去曾经被洋人耻笑的东西。改编古典文学,忽视其大部精华,专找那些色情糟粕,并无中生有,添枝加叶,大作文章。写现实,则专找落后地区的愚昧封建,并自作主张地发掘其人物的心理状态。凡此,都是出于一种"创作思想":即认为这样写,就可以受到海外的青睐,青少年的爱好,评论家的知音。弄好了,可以成为什么名人,可以得到什么奖金。凡是这种"文艺家",都是主张中国文艺需要"现代化"的。题材陈腐,思想低下,又要运用现代手法,这真是一种矛盾,一种畸形。

这些年,文艺工作上的一些做法,一些理论,导致了一些奇奇怪怪的作品。这种作品的问世,受害的不只是读者、观众,也包含作者本身。原来是不错的,也有一定的写作才能,经不起热浪的冲击,终于顺流而下。有的从好到坏,只有一两年时间。至于出版社、制片厂,如果因此致富,那赚的是昧心钱,如果赶的时机不好，赔了钱，那是报应。文艺评论，应该是帮助作者，步步向上，不应该诱人下水，毁灭作家。

有的作家，还是很年轻，是可以"改邪归正"的。因此，对他们的作品，可以批评，但不要乘机诅咒谩骂他们。有的报刊，前些日子，还在为一些时兴理论、一些热门作品，鼓掌叫好；气候一变，就跺起脚来，高声叫骂。这种自表清白的做法，实在不怎么样。

读书如同游览，宁可到有实无名之区，不遑去有名无实之地。《归有光文集》，四部丛刊本，有十二册，不算不厚。但人们经常诵读的不过三四篇。在这三四篇中，《寒花葬志》不过二三百字，却是最实在的作品。所谓实在，就是牵动了作者的真情。因此，所记无一字不实，亦无一字非艺术。

如果文途也像宦途（实际上，现在文途和宦途，已经很难分了），急功好利，邀誉躁进，总是没有好结果的。应该安分守己，循资渐进。不图大富大贵，安于温饱小康就可以了。

近年来，颇不喜读文艺作品，特别是文艺评论之类，因其空洞无物，浪费时间，得不到实际的东西。有时甚至觉得：反不如翻翻手头的小字典，多认识几个字，多知道几条典故。宋朝印刷术发展，刻书之风很盛，私家著述多能流传。近读李心传《建炎以来系年要录》，四厚册，其中保存文献甚多，暇时读一二页，不只识史事，也是读文章。较翻字典，又实惠多矣。

有人说，从事文艺，能否成名，要看机遇。我不反对这种说法。文艺界既是人间一界，其他界可以有平步青云的人，这一界就没有白日飞升的人？但文字工作，究竟还要有些基础才好。当前的一些现象，例如：小说，就其题材、思想、技巧而言，在三十年代，可能被人看作"不入流"；理论，可能被人看作是"说梦话"；刊物会一本也卖不出去；出版社，当年就会破产。但在八十年代，作者却可以成名，刊物却可以照例得到国家补助，维持下去。所有这些，只能说是不正常的现象，不能说是遇到了好机会。

所谓机遇，指的是，一个人原来并没有打算从事文艺，后来因为某种机会使他参与了这种工作，年深日久，做出了成绩，得到社会的承认。我们读一些作家的传记，会常常遇到这种例子。但就是这些作家，在他没有遇到那个机会之前，他还是在这方面做了很多准备，例如读书、生活等等。

天赐的机遇是没有的，如果有，总是靠不住的。这些年，这种事例，我们已经看到不少了。

文艺工作，也应该"行伍出身"，"一刀一枪"地练武艺，挣功名。

凡是伟大的艺术品，它本身就显耀着一种理想的光辉。这种光辉，当然是创造它的艺术家，赋与它的。这种理想，当然来自艺术家的心灵。

不受年代、生活的限制，欣赏这件艺术品的人，都会受到这种理想之光的指引和陶冶。如果站在这件艺术品面前，感觉不到这种光辉，受不到陶冶，这样的人是难以从事文艺工作的。

理想、愿望之于艺术家，如阳光雨露之于草木。艺术家失去理想，本身即将枯死。

理想就是美，就是美化人生，充实人生，完善人生，是艺术的生机和结果。失去理想，从反映现实，到反映自我，从创造美到创造丑，从单纯到混乱，不只是社会意识的退化，也是作家艺术良知的丧失。

一九八七年四月

风烛庵文学杂记续抄

近来，有些作家常常指责领导者、评论家，不按艺术规律办事。很少有人自问，他的"创作"，是不是完全符合艺术规律。

艺术规律，并不像科学上的定律，那样死板，一成不变。但也并非那么神秘，深不可测，高不可攀。前人著述，多道及之。因为每个人的情况不一样，故总结之甚难。例如，任何艺术劳作，必先有生活基础及其认识。有生活基础者，不一定有足够认识；有足够认识者，又不一定从事于艺术劳作。一个人成为艺术家，往往有很多偶然因素。《红楼梦》作者生活和认识的规律，不全同于《水浒传》作者，这是很明显的。客观对创作的影响，也有时明显，有时隐晦。《红楼梦》产生于乾隆年间，《静静的顿河》产生于斯大林时代，很难用政治环境作一般解释。外国的诺贝尔奖是一种规律，中国的穷而后工也是一种规律。高级宾馆是一种规律，绳床瓦灶也是一种规律。有的文章，纸墨未干，即洛阳纸贵；有的文章，则要束之高阁，藏之名山。

主观方面，即作家的素质、修养和努力，是艺术成功的主要规律。其他方面，可谈可不谈。

某文学期刊，销数下降，不从作品质量着想，却一再更易刊名。更名并不能使订数增加，又用裸体画作封面封底。初尚含蓄，或侧或卧，后来干脆赤身仰卧，纤细无遗。当然，都标明是外国油画，是美术作品。裸体画，也有高下，也有美丑。用到此处，其目的，并非供人欣赏，而是刺激读者眼目，以广招徕。然刊物销数，下降如故。实出乎设计者之意外也。有人说，这就是"搞活和开放"。我说，美术，用于不当之处，即为亵渎。将来如何开放，也不会家家用两幅裸体女人，代替传统的门神。

年关将近，与某文艺出版社负责同志，谈论明年出书赚钱之道。据说办法不多，很多家出版社，又在打《金瓶梅》的主意。然"古本"既有违宪章，不能照印；节本已有"人文"印本，再出亦难。不少人为此，大费脑筋。过去上海有句俗话，除去做金子生意，就是开文艺书店容易赚钱。现在出版社，除去出版此类书籍，竟无其他生财之道，是何故欤？负责人问计于我。我说：好办。文艺出版社太多，文艺期刊也太多，人浮于事，质差于量。关停并转可也。然此话实等于不说。

书是卖给读书人的。读书人买书，是为了求知识，求长进，必如生活中之菽粟布帛，方为有用。谁家有那么多的闲钱，专买武侠淫乱小说或裸体画片，去装饰书架，教育子女？即如《金瓶梅》也只能购买一部，哪能屯聚多部，以示富藏？一些刊物之销路不佳，一些出版社，不从国计民生上着眼，坐吃山空，濒临破产，是不可怪矣。

文艺这一领域，过去，虽曾使许多作家遭殃，然亦曾使一些人发迹。近日仍有一些聪明人，好谈文艺问题。所用口吻，完全变了一个花样，多为文艺界鸣不平，仗义执言，主持公道。原其用心，则有仍同以往者。如真以文艺比作殿堂，则过去进来骂神毁佛者多，今日则烧香祷告者众矣。

连日披读《新文学史料》，中国近代作家之命运，可谓惨不忍睹矣。在当时压力下，文人表现的状态，亦千奇百怪。今日观之，实地狱景象。经此惨酷，幸遇升平，仍有人斤斤于过去琐碎之事，观点之异，意气不消，不死不止，至可叹也。余当戒之矣！然文人好弄笔墨，甚难觉悟也。

余与王任叔，并不熟识。一九五六年春天，余到南方旅行，他也带几个人到南方出差，于南京金陵酒家餐厅相见，后又在上海国际饭店相遇。当时周而复约我们同游黄浦江，王即应约，余以疲劳未去，故未得深谈也。

于一九八六年第三期《新文学史料》，读其自传、日记等材料，哀其遭际，叹息久之。

逐期阅读《新文学史料》上刊载的茅盾回忆录。这不只是他个人的生活史和文艺活动史,也是中国文坛近几十年来的历史剪辑。创作方面且不论,其记述理论工作之建设发展,及其背景,我以为都是客观的,真实的,可以总结出经验,并从中得到教益。例如作家深入生活,民族形式的运用,文艺大众化,现实主义创作方法,文艺与政治,作家的世界观等问题,都可以从中回顾一下。

阅报,见有人提出"自我调节"的什么主义。读书少,不得其解。细绎其全文,亦不见明确诠释。"发展了的",我们听得多了,还有一段时间,发展到了顶峰。什么叫"自我调节"呢?就像自来水开关一样,水流可大可小;要粗就粗,要细就细;或完全封闭,或放大闸门。这样做,还成为一种主义吗?

有人制造新学说,追随者唱和,以为得未曾有,是发展了的文艺理论。有人略表不同意见,加以辩难,即利用职能,组织文章,斥为陈腐、老作风。并于按语中暗示:新学说有利于改革大业云云。

拉大旗,作虎皮,围攻谩骂,这种作风,是新的?是"发展了的"吗?我看,和三十年代有些文艺论客的战术手法,没有什么两样,且有过之处。例如争取外援。

读一篇评论文章,其中有"如蝇逐臭"、"以肉麻当有趣"等语,不觉失笑。因该文主旨,在于吹捧无聊、下流的小说,厚颜正如此也。

报载，有作家谈：他在美国出版的书，几乎没有什么影响，原因是我国的经济不强盛。另一作家谈：我们的革命英雄主义等等，外国人并不理解。写些真实自然的生活，即使暴露一些阴暗面，却会达到较好的宣传效果。人家看了会觉得可信。还说明中国真的民主开放了。这样的宣传，其作用比作品本身还要大云云。

没到过外国，更没有在外国出过书，不了解情况。但是，为什么在外国，英雄主义就不可信，阴暗面就可信呢？外国人认定我们这里不会有英雄主义，只会有阴暗面吗？怎么说，有了阴暗面，就证明中国民主开放了呢？起宣传作用的，应该是书。又怎么说，这样的宣传，其作用比作品本身还要大呢？

外国出版中国文学书籍，详情虽不得而知，中国出版外国文学作品，则略知一二。翻译者选择原著时，必先审视，是否适应本国读书界之需要。清末，争译弱小国家独立斗争史；五四运动以后，争译个性解放之作；十月革命后，争译苏联小说。此外，则译世界各国文学名著。照顾社会各方面的兴趣，也译一些英雄传记、伟人逸事、侦探小说等。以上翻译，大都是着眼于国内的政治、思想、文化知识的需要，所选也都是各国的进步文化的成果，并不去找人家的落后或阴暗面也。

但国外有些出版商或读者，对中国有这种想法，是很可能的。从他们翻译的中国文学作品中，是可以看到这一点的。但也只是支流，不是主流。不是有很多外国作家，也辛辛苦苦，到中国来，访求我们的进步、光明和英雄主义事迹吗？

一九八六年十一月二十日剪贴近作

风烛庵文学杂记三抄

一个作家,声誉之兴起,除去自身的努力,可能还有些外界的原因:识时务,拉关系,造声势等等。及其败落,则皆由自取,非客观或批评所能致。偶像已成,即无人敢于轻议,偶有批评,反更助长其势焰。即朋友所进忠言,也被认为是明枪暗箭。必等它自己腐败才罢。所谓自作孽不可活也。

一个作家,如果公然著书立说,丑化自己祖国的历史及文化,并以为当今天下读书人,都成了聋哑或趋炎附势之徒,不能或不敢对其作品有任何非议,其设想,正如其作品一样,可谓狂妄荒诞。

过去,强调文学的政治作用,现在又强调文学的消遣作用。消遣文学,古已有之,也有高下。也有消遣得好,消遣得糟的分别。我还是相信"为人生的文学"这个陈旧的口号。

三十年代，现代书局有一本《文艺自由论辩集》。其中有瞿秋白一篇《文艺的自由与文艺家的不自由》，是批判胡秋原的。文内引了《红楼梦》中有关林黛玉的话："子之遭兮不自由，予之遇兮多烦忧"。说明作家，作为社会之一员，不可能是完全自由的。

现在报刊，登载吹捧文章时，一篇独行即可。如登载批评文字，则必配备一篇说好话的，以示半斤八两。这种做法，并不足取。一种报刊，应有主见，才能引导读者，态度暧昧，只能算是糊涂断案。

现在，浇花园丁这一名词，很时髦，人们都爱用。按自然界，浇花、锄草、松土、施肥，甚至日晒、风吹，都是养花之道。只会一样，不算园丁。

园丁，起码应分清草、苗。如果草苗不分，或硬说草是苗，或苗是草，那就更不像园丁了。

过去，"锄草"者多，甚至把锄草上升为"游动哨兵"。近日浇花、施肥，装聋作哑者多，其实水浇多了，施肥过量，也不一定对花有利。

好像只有恭维，只用金钱，文学才能繁荣。不久就会证明，并非如此。只有实事求是的文学批评，从各方面提高作家的素质，才能促使文学真正繁荣，并可望产生伟大作品。

弗洛伊德的学说,三十年代,就介绍到中国。日本厨川白村的《苦闷的象征》,作为文艺理论,实际上在很多地方,运用了弗氏的学说,介绍过来得更早一些。但当时在国内,并没有引起多大的注意。至于尼采、叔本华的学说,介绍到中国,则是在清朝末年,王国维的一些文艺思想,就是从他们那里来的。《人间词话》一问世,人们都感到新鲜,曾经冲击旧的诗词之学。但到了三十年代,就是王氏的学说,也沉寂起来,很少有人提说。

到了八十年代,这些学说,又被人拾掇出来,津津乐道,这也说明,就是学术,在历史上的地位也是忽隐忽现,迂回曲折的。是与政治、经济的进程有关的。

六月十五日,盛英同志赠司马长风著《中国新文学史》一部,盛情难却。余初无意读此等书籍。既得之,随即翻翻。

海外学者,动辄用"政治左右",视我国文学。其实在这些人的著作中,政治空气更浓厚,立场更鲜明,态度更坚决。此书作者,竟以一九三八年至一九四九年为文学凋零期。如果当时的作家们,都不去抗日,都袖手旁观,都关在象牙之塔(那时已没有放这种塔的太平之地),中国文学,反能进入繁荣期乎!

书中推出的代表作家,一为梁实秋,一为周作人。社团为新月社。此即可见著者之用心矣。然所引材料,多为国内所少见,有些人趋之若鹜,此亦原因之一也。

有不少作家,标榜新的创作观念、文学观念。但细看其作品,也找不到什么新的东西。模糊混乱，甚至看不懂的东西倒不少，但这种"文学"，过去也有过，不能称作新。至于有了"新观念"的作家，在行动上，例如对待名利，表现之陈旧，就更是古已有之的了。

至于评论家的文学新观念，则不外：文学的主体是人；文学的本性是反映社会；文学应是美学之一种，作家应是人道主义者等等，也都是以前常说到的，甚至是老生常谈。为什么，一到他们的手里，都变成了"发展了的"文艺理论了呢？其秘诀有三：一是尽量运用新名词，或把旧词稍加变化；二是大掉一通书袋，以示博学；三是把人类所有学科，近代所有发明，皆强拉硬扯，与文学挂钩。

虽然评论家现在大都不喜欢把文学和政治连在一起，但到紧要关头，还是要借用一下东风。如对自己有利，则摘引官员的谈话。再如有的小说，本来无聊得很，立意庸俗。评论家为了捧场，竟说它的"主题"，是为了当前的改革。改革当然是政治，是顶大帽子，但实在与那篇小说的内容（是内容，不是作者给作品加上的标签）连不到一起。如果强拉到一块，那真是对改革大业的不敬。

前几年，有人写了《名山事业》和《宾馆文学》两篇短文，好像是大惊小怪。现在，则成了"踵事增华，变本加厉"的局面。

宾馆成了稿件的主要开发市场，作家食宿，日一二百元，竟有交一短篇，开销数千元，不以为怪者。名山旅游，成群结队，一场笔会下来，报销数万。这些刊物，每年靠国家津贴，尚且维持不下去，在这些方面，却表现如此大方，是慷国家之慨也。有人并可从中谋取一点私利。

过去，文艺评论，大批判者多，分析者少。前几年，才有人呼唤史诗的到来，并圈定了不少史诗。不久，又全部否定过去的成绩，认为并没有产生过像样的作品。最近，评论家们又忙于创造新学说，创立新学派。浅薄者根基不厚，无师难于自通，常常只有一个题目，不能自圆其说。博学者，虽运用中西比较之术，引证繁多，然只是堆砌材料，主导思想不明确，终于不能自成体系，常常落入前人的旧套。丢下棍棒，拿起书本，终是可喜的现象。

一九八六年九月十日剪贴近作

文 过

—— 文事琐谈之一

题意是文章过失,非文过饰非。

最近写了一篇文章发表,又招来意想不到的麻烦。

此文,字不到两千,用化名,小说形式。文中,先叙与主人公多年友情,中间只说了一些鸡毛蒜皮的小事,后再叙彼此感情,并点明他原是一片好心。最终说明主旨:写文章应该注意细节的真实。纯属针对文坛时弊的艺术方面的讨论,丝毫不涉及个人的任何重大问题。扯到哪里去,这至多也不过是拐弯抹角、瞻前顾后、小心翼翼地,对朋友的写作,苦口婆心提点规谏。

说真的,我写文章,尤其是这种小说,已经有过教训。写作之前,不是没有顾忌。但有些意念,积累久了,总愿意吐之为快。也知道这是文人的一种职业病,致命伤,不易改正。行文之时,还是注意有根有据,勿伤他人感情。感情一事,这又谈何容易!所以每有这种文字发出,总是心怀惴惴,怕得罪人的。我从不相信"创作自由"一类的话,写文章不能掉以轻心。

但就像托翁描写的学骑车一样,越怕碰到哪一棵树上,还总是撞到那棵树上。

已经清楚地记得：因为写文章得罪过三次朋友了。第一次有口无心，还预先通知，请人家去看那篇文章，这说明原是没有恶意。后来知道得罪了人，不得不在文末加了一个注。

现在看来，完全没有必要。当时所谓清查什么，不过是走过场。双方都是一场虚惊。现在又有人援例叫我加注，我解释说：散文加注可以，小说不好加注，如果加注，不成了"此地无银三百两"吗？

说是小说也不行。有的人一定说是有所指。可当你说这篇小说确有现实根据时，他又不高兴，非要你把这种说法取消不可。

结果，有一次，硬是把我写给连共的一封短简，已经排成小样，撤了下来。目前，编辑把这封短简退给我，我看了一下内容，真是啼笑皆非：城门失火，殃及池鱼，只能向收信人表示歉意。

鲁迅晚年为文，多遭删节，有时弄得面目皆非。所删之处，有的能看出是为了什么，有的却使鲁迅也猜不出原因。例如有一句这样的话："我死了，恐怕连追悼会也开不成。"给删掉了。鲁迅补好文字以后写道："难道他们以为，我死了以后，能开成追悼会吗？"当时看后，拍案叫绝，以为幽默之至，尚未能体会到先生愤激之情，为文之苦。

例如我致连共的这封短简，如果不明底细，不加注释，任何敏感的人，也不会看出有什么"违碍"之处。文字机微，甚难言矣。

取消就取消吧，可是取消了这个说法，就又回到了"小说"

上去。难道真的有没有现实根据的小说吗?

有了几次经验,得出一个结论:第一,写文章,有形无形,不要涉及朋友;如果写到朋友,只用颂体;第二,当前写文章,贬不行,平实也不行。只能扬着写,只能吹。

这就很麻烦了。可写文章就是个麻烦事,完全避免麻烦,只有躺下不写。

又不大情愿。

写写自己吧。所以,近来写的文章,都是自己的事,光彩的不光彩的,都抛出去,一齐大甩卖。

但这也并非易事。自己并非神仙,生活在尘世。固然有人说他能遗世而独立,那也不过是吹牛。自我暴露,自我膨胀,都不是文学的正路,何况还不能不牵涉他人?

大家都希望作家说真话,其实也很难。第一,谁也不敢担保,在文章里所说的,都是真话。第二,究竟什么是真话?也只能是根据真情实感。而每个人的情感,并不相同,谁为真?谁为假?读者看法也不会一致。

我以为真话,也应该是根据真理说话。世上不一定有真宰,但真理总还是有的。当然它并非一成不变的。

真理就是公理,也可说是天理。有了公理,说真话就容易了。

一九九一年七月二十三日足成之

文　虑

——文事琐谈之二

所谓文虑，就是写文章以前，及写成以后的种种思虑。

我青年时写作，都是兴之所至，写起来也是很愉快的，甚至嘴里哼哼唧唧，心里有节奏感。真像苏东坡说的：

> 某生平无快意事，惟作文章。意之所到，则笔力曲折，无不尽意。自谓世间乐事，无逾此者。

其实，那时正在战事时期，生活很困苦，常常吃不饱，穿不暖。也没有像样的桌椅、纸张、笔墨。但写作热情很高，并视为一种神圣的事业。有时写着写着，忽然传来敌情，街上已经有人跑动，才慌忙收拾起纸笔，跑到山顶上去。

很长时间，我是孤身一人，离家千里，在破屋草棚子里写东西。烽火连天，家人不知死活，但心里从无愁苦，一心想的是打败日本，写作就是我的职责。

写出东西来，也没有受过批评，总是得到鼓励称赞。现在有些年轻人，以为我们那时写作，一定受到多少限制，多么不自由，完全是出于猜测。我亲身体验，战争时期，创作一事，自始至终，是不存什么顾虑的。竞技状态，一直是良好的，心情是活泼愉快的。

存顾虑，不愉快，是很久以后的事。作为创作，这主要和我的经历、见闻、心情和思想有关。

土地改革，解放战争时期，我虽受到批判，但写作热情未减。批判一过，作品如潮，可以说是"屡败屡战"，毫不气馁。我还真的亲临大阵，冒过锋矢。

就是"文革"以后，我还以九死余生，鼓了几年余勇。但随着年纪，我也渐渐露出下半世光景，一年不如一年的样子来。

目前为文，总是思前想后，顾虑重重。环境越来越"宽松"，人对人越来越"宽容"，创作越来越"自由"，周围的呼声越高，我却对写东西，越来越感到困难，没有意思，甚至有些厌倦了。我感到很疲乏。究竟是什么原因，自己也说不清楚。

顾虑多，表现在行动上，已经有下列各项：

一、不再给别人的书写序，实施已近十年。

二、不再写书评或作品评论，因为已经很少看作品。

三、凡名人辞书、文学艺术家名人录之类的编者，来信叫写自传、填表格、寄相片，一律置之。因为自觉不足进入这种印刷品，并怀疑这些编辑人是否负责。

四、凡叫选出作品、填写履历、寄照片、手迹，以便译成外文，帮助"走向世界"者，一律谢绝。因为自己愿在本国，安居乐业，对走向那里，丝毫没有兴趣。

五、凡专登名人作品的期刊，不再投稿。对专收名家作品的丛书，不去掺和。名人固然不错，名人也有各式各样。如果只是展览名人，编校不负责任，文章错字连篇，那也就成为一种招摇。

六、不为群体性、地区性的大型丛书挂名选稿，或写导言。因为没有精力看那么多的稿件，也写不出像鲁迅先生那样精辟的导言。

总之，与其拆烂污，不如岩穴孤处。

作家，一旦失去热情，就难以进行创作了。目前还在给一些报纸副刊投投稿，恐怕连这也持续不长了。真是年岁不饶人啊！

人们常说：每个时代，有每个时代的作家。时代一变，一切都变。我的创作时代，可以说从抗日战争开始，到"文化大革命"结束。所以，近年来了客人，我总是先送他一本《风云初记》，然后再送他一本《芸斋小说》。我说："请你看看，我的生活。全在这两本书里，从中你可以了解我的过去和现在。包括我的思想和感情。可以看到我的兴衰、成败，及其因果。"

一九九一年八月四日上午

老年文字

―― 文事琐谈之三

最近写了一篇文章,叫女儿抄了一下,放在抽屉里。有一天,报社来了一位编辑,就交给他去发表。发出来以后,第一次看,没有发现错字。第二次看,发现"他人诗文",错成了"他们诗文"。心里就有些不舒服。第三次看,又发现"入侍延和",错成了"入侍廷和";"寓意幽深",错成了"意寓幽深";心里就更有些别扭了。总以为是报社给排错了,编辑又没有看出。

过了两天,又见到这位编辑,心里存不住话,就说出来了。为了慎重,加了一句:也许是我女儿给抄错了。

女儿的抄件,我是看过了的,还作了改动。又找出我的原稿查对,只有"延和"一词,是她抄错,其余两处,是我原来就写错了,而在看抄件时,竟没有看出来。错怪了别人,赶紧给编辑写信说明。

这完全可以说是老年现象,过去从来没有发生过。我写作多年,很少出笔误,即使有误,当时就觉察到改正了。为什么现在的感觉如此迟钝?我当编辑多年,文中有错字,一遍就都看出来了。为什么现在要看多遍，还有遗漏？这只能用一句话回答：老了，眼力不济了。

所谓"文章老更成"，"姜是老的辣"，也要看老到什么程度，也有个限度。如果老得过了劲，那就可能不再是"成"，而是"败"；不再是"辣"，而是"腐烂"了。

我常对朋友说，到了我这个年纪，还写文章，这是一种习惯，一种惰性。就像老年演员，遇到机会，总愿意露一下。说句实在话，我不大愿意看老年人演的戏。身段、容貌、脚手、声音，都不行了。当然一招一式，一腔一调，还是可以给青年演员示范的，台下掌声也不少。不过我觉得那些掌声，只是对"不服老"这种精神的鼓励和赞赏，不一定是因为得到了真正的美的享受。美，总是和青春、火力、朝气，联系在一起的。我宁愿去看娃娃们演的戏。

己之视人，亦犹人之视己。老年人写的文章，具体地说，我近年写的文章，在读者眼里，恐怕也是这样。

我从来不相信，朋友们对我说的，什么"宝刀不老"呀，"不减当年"呀，一类的话。我认为那是他们给我捧场。有一次，我对一位北京来的朋友说："我现在写文章很吃力，很累。"朋友说："那是因为你写文章太认真，别人写文章是很随便的。"

当然不能说，别人写文章是随便的。不过，我对待文字，也确是比较认真的。文章发表，有了错字，我常常埋怨校对、编辑不负责任。有时也想，错个把字，不认真的，看过去也就完了；认真的，他会看出是错字。何必着急呢？前些日子，我给一家报纸写读书随笔，一篇一千多字的文章，引用了四个清代人名，竟给弄错了三个。我没有去信要求更正，编辑也没有来信说明，好像一直没有发现似的。这就证明，现在人们对错字的概念，是如何的淡化了。

不过，这回自己出了错，我的心情是很沉重的，今后如何补救呢？我想，只能更认真对待。比如过去写成稿子，只看两三遍；现在就要看四五遍。发表以后，也要比过去多看几遍。庶几能补过于万一。

老年人的文字，有错不易得到改正，还因为编辑、校对对他的迷信。我在大杂院住的时候，同院有一位老校对。我对他说："我老了，文章容易出错，你看出来，不要客气，给我改正。"他说："我们有时对你的文章也有疑问，又一想你可能有出处，就照排了。"我说："我有什么出处？出处就是辞书、字典。今后一定不要对我过于信任。"

比如这次的"他们诗文"，编辑一眼就可以看出是不通的，有错的。但他们几个人看了，都没改过来。这就因为是我写的，不好动手。

老年文字，聪明人，以不写为妙。实在放不下，以少写为佳。

一九九〇年九月

文　宗

——文事琐谈之四

我青年时，如痴如醉地爱好文艺，也写点文章投稿。但从来没有想到向名家请教，给人家写信。更没有机会，去拜访名家。也可能是因为当时自己没有写出像样的东西，更没有出过书，没有资格这样做。若干年以后，能出书了，也没有给名人送过书。编刊物，也很少向名人约稿。只是守株待兔，等候着青年人的投稿。所以身在文艺界，和文艺界的名人接触不多。

在延安时，我发表几篇小说后，周扬同志曾到我的窑洞，看望我一次。也没有地方坐，站着和我说了几句话，就走了。当时我是鲁艺文学系的教员，他是院长。

那时鲁艺名家如林，我也不记得到谁的窑洞里闲谈过。我自幼性格孤僻，总是愿意独来独往。

我认为，别的艺术门类，或许需要名家亲手指点，文学一事，只要认真读名家的作品，就可以了。千古名师，也无非叫你多读多写。文学，全靠自身的素质和坚韧的努力。

鲁迅是真正的一代文宗。"人谁不爱先生？"是徐懋庸写给鲁迅的那封著名信中的一句话，我一直记得。这是三十年代，青年人的一种心声。

书，一经鲁迅作序，便不胫而走；文章，一经他入选，便有了定评，能进文学史；名字，一在他的著作中出现，不管声誉好坏，便万古长存。鲁门，是真正的龙门。上溯下延，几个时代，找不到能和他比肩的人。梁启超、章太炎、胡适，都不行。

鲁迅对青年作家的帮助，是指出他们创作的不足，赠送他们以有用之书，介绍他们的作品出版。他能做的，全都做到了。

鲁迅对青年作家的一些缺点，是很理解，也很宽容的。例如，他说有些人古怪，神经质，局面小，眼光浅，文字不肯大众化等等，但他都能体谅。

鲁迅并不怕别人利用他。一个人能被利用，就证明自己对他人有用。既然有用，就不要损害他，更不要暗中损害他。

他一旦发现，青年人并非真正尊重他，只是利用他，当面和背后，并不一致，甚至动不动就兴师问罪，他就会生气，和这个青年人疏远了。鲁迅非常敏感。

从鲁迅的书信、日记，可以看出，他有时对青年人向他借钱、捐款，叫他办事，也并非都是心甘情愿，那么乐于从事的。例如有人叫他派人送东西，他就复信说："舍下无人可派。"很不高兴。捐款，有时也很勉强、冷淡。

他曾说："白莽如果不是死得早，也许我们早闹翻了。"痛哉斯言！对他早期的一些学生，也时有微词。

以先生对待青年人的赤诚热情，为什么还会有些不愉快呢？

我以为主要原因，在于青年人太天真，想得太简单，或急于出名得利，对鲁迅不知体谅所致。

鲁迅自己说他是一头牛，或甘为孺子牛。青年人如果根据这些话，就围上去，役使他，鞭挞他，挤他的奶吃，就是一头真的牛，也会不高兴，不能那么顺从了。

有幸与鲁迅同时的青年，有的因宗派，有的因思想行为，有的因感情细节，与他疏远了。友谊保持长久的，并不太多。这是一种不幸。

一九九二年一月九日

"病句"的纠缠

中国文学史上,有很多例证,同行朋友间,互相指责、攻错,成为佳话。叶圣陶先生在刊物上还办过"文章病院",专挑有毛病的字句。但在今天,则行不通。偶尔举个不通的句子,便会招来无止无休的攻击。

进城初期,语言学家(忘记了是吕叔湘还是王力),就指出过一些青年作家(包括我)的病句,并标出姓名和篇名。看过以后,认为人家说得对,记住以后不再犯也就是了,哪里能想到去挖空心思,攻击人家?过去和现在,有了差别,并不是文学规律发生了变化,而是作家素质和观念,发生了变异。所以,我虽有所照顾,既不提作者姓名,也不标病句出处,也未能得到宽容。

理由是:老年人不能批评青年人,对青年人不"宽容"不"忠厚",是"嬉笑怒骂"……我写给贾平凹的那封短信,已在三种期刊登载,请大家找来看看;然后请再看看该作家影射攻击我的几篇文章。就可以清楚地看出他们的"宽容"和"忠厚"是什么货色。并且可以领略：新潮的棍子，是怎样的打法。

加给我的罪名，有"九斤老太"。这还情有可原，我并不认为九斤就比八斤差。又说我是"嫉妒"。这就难以理解：你有什么可以值得我嫉妒的？你把句子弄错了，我给你指出来，我嫉妒你的哪一点？

又说："你的风光已经过去了，不服气不行。""风光"二字，我最初不知所指，后来明白，就是"好时候"。我没有好风光，谈不上过去不过去。我的文学之路，是战争的路，是饥寒交迫、风雨交加、枪林弹雨的路。不是出入大酒店、上下领奖台的短促的路。后来才明白，他的本意是说："我们正在风光着，你不要嫉妒。"请放心吧，我不会嫉妒你们，甚至也不会羡慕你们。保持风光的惟一途径，就是不要粗制滥造。

虽然有些过于自我膨胀的文士，常常自诩为生而知之，前无古人，后无来者，开一代新的文艺复兴之先河。但究竟是像你所说要"有个成长过程"的。但阁下自谦"晚生后辈"、"小学生"、"小青年"之类的话，实不敢当。你我虽未谋面，瞻仰玉照，再"成长"不也就成为你所嘲笑的"廉颇老将"和"岁寒三友"了吗？

其实，你那个错句，我说是"修辞不讲究"，是客气。你说是"经不起推敲",是看轻了。"推"、"敲"是修辞,而把应该说成"是"的说成"否",这已不属于修辞的范围,而是逻辑错乱。我批改小学生作文多年,从没遇到过这样的语法差错。老百姓说话,也绝不会发生这样的错误。因为他们有话直说,不去绕那么多的圈子。惟有"名家",才有可能发生这种错误。

至于说,错句一经我指出,便会留下"话柄"。这是你的多虑,也是你迁怒于我的主要原因。但是,如果我不给你指出,你又不能自觉修改,那"话柄"不是就会存在的时间更长了吗?

我一生遇到过各种大批判,挨过各式各样的棍子,但还没有遇见过这样不讲明事情原委,就胡乱加人种种罪名,有时使人看不懂他到底说的什么,指的什么文章。当我看到第一次攻击我的文章时,以为究竟是个作家,好面子,发泄一下,也是应该的,我就没有说话。并没想到竟喋喋不休,一再逞强,并且把文章送到天津发表。至今,已经持续了整整三年,看来是永远不会罢休的了。

人不能只听"好话",不听"坏话"。白纸黑字的错误,有目共睹,这才叫"不服气不行"。其实,正像你说的,这也不是什么"了不起"的事,现在也没有多少人去注意这些。但错句必须改正。以后稿子写好以后,多看几遍,就可以避免这种闲是闲非了,你我两便。

至于仅仅因为我指出你的一个病句，你便勒令我"闭嘴"、"回家"，你不觉得这样做，有些专制吗？这一点，等你做了皇帝再说，目前只能是一句废话。另外，你这样说，不和你们平日所谈的"民主"，主张的"宽容"，大相径庭吗？

　　"关在公馆里"也是加给我的罪名之一。不出门，与真假清高无关。主要原因是当前社会环境太乱，出去，怕遇见本地的江湖骗子，外来的流氓打手，老年人招架不住。最近，敝"公馆"并将另加防盗门一套，以备他们打上门来。

一九九四年八月十五日改讫

当代文事小记

一

有些人已经忘记了,文学领域,还有文学批评这一门类。白纸黑字的差错,也不甘心承认。

二

摘举病句,古今常有,然今日则通不过,何故?此非文学规律发生了变化,实作家品质有所下滑。

三

文学既是商品,一发表即是进入市场,人人有权辨别其真伪,指摘其差错。

四

吃"捧奶",玩玩具枪长大的,不能实战,一遇不快,便语无伦次,逻辑错乱,引喻失义,乱说胡骂一阵,打不中目标。

五

小学生在语言上,不易发生逻辑性的重大错误,因他是有话直说。而"名家"则容易发生,因为他总想把话说得与众不同。

六

头顶已经秃了大半,还嘲笑老年人,还谦称自己是青年后生,要别人宽容,连这一点自知之明都没有,还能希望他有求实之作吗?

凡是责怪别人对他不宽容的人,千万不要希望他能宽容别人。平日素不相识,仅仅因为有人,偶然指出他的一个病句,便怒火冲天,连续写文章,攻击人家。整整三年了,还未停止。

至于平日大谈民主,一不高兴,便叫人闭嘴的人,则须等他做了皇帝再说。

他们言行不一,是极其虚伪的,极其霸道的。

七

有些作家大谈京戏,多皮毛之见。从京剧借鉴什么呢? 一位名角,成就非常不易,但在演出时,非常虚心。如获倒彩,不会把胡子拿下来向台下反骂。如果是那样,他就不能再演出了,因为在观众眼中,他已经失去了演员的形象。

八

近拟改行,先刻名章二枚:一为"老托",后觉不雅,且容易引起误会,又刻一枚,为"托翁"。"托姐"一行,终究要合法化。

九

有借酒浇愁的"淡泊之士";有文字不通的"一流作家";有把错误转化为生产、扯闲篇、大做文章的能手;有表面上做检讨,内里又弄手脚的江湖名人。

十

近年来,文艺评论,变为吹捧。或故弄玄虚,脱离实际。作家的道路,变为出入大酒店,上下领奖台。因为失去了真正的文学批评,致使伪劣作品充斥市场。

一九九四年八月十五日

我和青年作家

——《文场亲历记》摘抄

关于我和青年作家的关系,褒贬不一。褒得过当的,我曾有几篇文章,加以说明。现对贬得过当,也适当地加以解释。

把我和青年作家对立起来,那当是进城以后的事。其实,那时我不到四十岁,按说,也在青年队伍之中。人们所以如此说,是因为我那时编辑一个文艺副刊,上面曾出现很多年轻的作者。关于这一情况,不再多说。应该补充的是,那时从解放区走来,我还带着强烈的工作热情,在与青年人的工作联系上,的确做了不少努力。

第二次与青年人的联系,是在"文化大革命"以后,拨乱反正之时。此时有些在文坛上活跃的青年人,蒙他们不弃,先后把他们的作品送来,愿意我提一些意见。那时我正处在一种莫名其妙的兴奋状态,就来者不拒,并不自量力地发表了一些文章,便是那些所谓读作品记。对这几位青年作家的作品,我只是选读,并未全读,对他们的人生经历,也不大了解。但我表现得很认真,谈了他们各自的优点,也多少谈了不足之处。我自以为对这几位作者，是很尊重而且很欣赏他们的作品，但后来一深思，效果并不太佳。表现在：凡是提了一些不同看法的，以后的关系就冷了下来；凡是只说了好处，没有涉及坏处的，则来往的多了一些。

另外，这些年生活和文艺，变动都很大。在此中间，原来关系不错的青年作者，或因观点不同，或因另辟新路，或因小嫌隙，或因大走红……种种原因，而渐渐疏远的，即刻决裂的，也不乏例证。这也是一种自然规律，无可奈何。

我这一阶段的热情，很快就冷却下来，先是声明不再为人作序，后是拒绝再为人看作品，特别是成名参赛之作。

我写文章，只考虑话应如何说，从不考虑人家如何听，即不考虑效果是拉拢一个朋友，还是增加一个敌对。

我自省：我一向没有存心开罪青年作家，更没有伤害过他们。这是有案可查的，如果有，是掩饰不了的。所以，我也从来没有想到过忏悔，赶紧把手脸洗洗，走到青年面前，伸出友谊之手，装出有过能改的样子，求得他们的原谅和赞许，仍然把自己当作一个人物，继续投上一票。我觉得这种做法，不只是英雄欺人，而且是一种政治权术，在文艺界终究是吃不开的。

我从来不希望，身边能有一帮人，即使是很少的几个人，自己当一名首领。我认为这样的文人，是最没有出息的，也从来不愿看到有些青年人，在一些真假名人身边转，成为他们的随从和喽啰。我以为，这样的青年人，就更可怜了，不如改行，去干些别的事。

有人说，我对"继往开来的一代作家，不尊重"。我不明白：

为什么指出一个作家、一篇散文的一个病句,便是对一代人不友好。

对历史来说,每一代人,都是继往开来的。比如说,一家三代人,中间儿子一代,就是继往开来的一代。但他在历史环链中的作用,和他的上下即祖孙两代,并没有轻重之别,没有什么要别人特殊尊重的资格。因为不久,他即将被下一代所代替,上升为"下楼腿颤,迎风流泪"的一代了。

谈论文章,言不及义,不从文字上立论,反过来在生理上嘲笑老年人,这是鲁迅所说的"粪帚战术"。文格至此,其人可知,尚可与之争辩乎!我真的应该"回家闭口",养养精神了。

在文学史上,并不是每一代,都能有承上启下的作家。有时几十年没有,有时几百年没有,谁也没有办法,只能徒唤奈何。

能够产生继往开来的作家,必须有时代的条件,必须有那么一种适宜的土壤,和那么一种浓重深厚的文化氛围。

任何文学,都是作家人格的反映,装出来的伟大、渊博、宽宏大量,都无济于事。

且"继往开来",还有个"继"什么"往"、"开"什么"来"的问题。当代新潮,既否定民族传统,既否定老一辈作家,否定几十年的革命文艺,那么,他们要"继"的"往"是什么呢?而所"开"的"来",也必是他们所向往的东西了。但文化必植根于国土,群众有所受,有所不受,不会听少数人的摆布与作弄。

一九九四年九月二日抄

我观文学奖

自古文学无奖,而历代有传世之作,有不朽的作家群体。中国自"五四"新文学运动以来,作家如林,也没有办过文学奖。因为,稍为有识之士,都会明白:文学非奖即金钱所能诱导而出;相反,常常产生于贫苦困厄之中。在我记忆中,三十年代,《大公报》始举办一次文学奖,奖励了三位作家。但这一举措,在社会上反响并不太大,效颦者后来也少有。同时,过去对世界大奖,如诺贝尔文学奖,中国人亦不太重视,每届获奖作品,有一种译本,已经算是不错了。中国作家,也很少有人谈论这种奖,只是有一次,刘半农他们谈及鲁迅,鲁迅冷淡地对待了一下,从此,就再无人提起。

解放以后,我国也没有举办过文学奖。直至茅盾先生去世,遗嘱以奖励后代为怀,才设立了一种大奖。

任何评奖,都有它的政治或人事上的目的,有目的即有偏差,有偶然,有机会。所以,任何奖都难得那么公平、准确,名副其实。以诺贝尔文学奖而论,每届所奖作者,都有偶然性,大部分都不是当代有口皆碑，与人民息息相关的伟大作家。而常常与此相反，真正的伟大作家却被排斥在外。它的政治目的，越来越明显，这是每一个作家都清楚的。

在中国，忽然兴起了评奖热。到现在，几乎无时无地不在举办文学奖。人得一次奖，就有一次成功的记录，可以升级，可以获得职称，可以有房子……因此，这种奖几乎成了一种股市，趋之若狂，越来越不可收拾，而其实质，已不可问矣！

这些年，确实有不少人，从文学奖中，得到不少好处，其中包括作家、评论家、主办的单位、评审的人员。但文学本身，是否得到了什么提高，则从来没有人去过问。奖啊，奖啊，究竟奖出了多少有价值的东西？也没有人去统计。

据说，在不少中国当代作家心中，还形成一股诺贝尔情结。作为一个作家，情结不在国家、民族，情结不在人民群众，而在外国的一笔钱财上，这岂不是有些缘木求鱼吗？听说，凡是得到此种奖金的作家，在宣布他是得主时，都出乎意料之外，而我们的作家，却时时刻刻，在意念之中，这岂不又有些可笑吗？

以本国评奖而论，在每届发奖的当年，文艺界热闹一阵，过不了多久，群众不只对获奖的书名，暨获奖的作者，也就淡忘了。文学作品，以时代和读者，为筛选之具。如果连书名都不能印在读者心中，这种文学奖还有什么意义？

但每届还得评下去，以备有真正好的作品出世，如果没有，就继续从矮子中拔将军，择其适于当代政治、人事需求的，定那么几种。

所以，虽然获得过大奖的人，也不要以为从此就定了性，成了永久性的优秀作家，别人连碰都不能碰一下。最好是时常到书店里转转，看看架子上还有没有自己的书。

读者买文学书，都是希望能从生活上，多得到一些知识；从人生旅途上，多得到一些经验。既是文学，就又想从文字中得到一些享受和教益。如果你的作品，在这三方面，都没有什么可取。甚至连朴素的爱国之情、民族自尊都没有，人家花钱买你的书，又作何用？

至于你的书，因为文格低下，在国内没有销路，有识者嗤之以鼻，不屑一顾，在国外却有人欢迎，这其中的情况就复杂得多，也难说得多了。总之，用文艺作品，贬低丑化自己的民族，宣扬本土的落后，以取得某些洋人的欢心，求得他们的赞赏，以此为光荣，夸耀乡里。这种作者，在鸦片战争之前，八国联军之后，已经不是什么新鲜事，对他们的作品，国民早有定评。

至于在当今文坛之上，还有人缅怀租界，歌颂汉奸，并以为这些都与"改革开放"有关，则不过是中国人重复日本武士道的话，这就更应当另作别论了。

外国人介绍中国文学作品，有的是对中国友好，有的是对中国敌对，有的是出于鉴赏，有的是为了获得信息。这需要作具体分析，非一时起哄所能判定。

一九九四年九月四日下午抄

反嘲笑

有一位主张"宽容",反对"鼠肚鸡肠"的名家,仅仅因为我偶尔指出他的一个不通的句子,便勃然大怒,连续发表文章,攻击我。攻击必须有些材料,不通的句子又不便细说,向天津市的"哥们妹们",打听一些吧,因为我平日深居简出,"关在公馆里",轻易不招待来客,这些"哥们妹们"也语焉不详。只有一些传言,比如不好接近啊,容易翻脸呀,这虽然得自能出入"孙门"的人的情报,其实一半已是谣言。

文字论争,本来应该先读对方的作品,可是这位名家是"新潮"派,素日反对老派,所以从来也不读老年人的作品。攻击,没有炮弹,这是很杀风景的。于是,便专从"老"字上做文章。

先是逼着我唱重头戏,比如说《挑滑车》。可是他说来说去,好像对这出戏的一些高难动作,并不了了。我看了,莫名其妙,也就没有上台。后来名家又说,那就唱一出廉颇的戏吧,只要不"一饭三遗矢"就行。

这还不够,这位名家认定我,一定"下楼腿软,迎风流泪"。

又在这两点上大做文章。

其实,这都是他闭门造车惯了,又因为过于恼怒,产生的一种幻想。我虽然身体不好,但两条腿,因为当年的锻炼,一直很好,不只下楼如履平地,而且走路健步如飞。眼睛,虽然有人观察过,说是浑浊,但视力颇佳,现在还可看新五号甚至六号小字,更没有迎风流泪的毛病。

人有"拉稀"一病,叫他猜着了。虽非一饭三遗,却也是我多年痼疾。但去年手术后,已经根治。因此,廉颇的戏,也终于没有演成。

尤可使一些人失望的,是去年大病手术之时,经权威医生鉴定:我的心脏、血管、肝、胰、胆,都出乎意料的好,不似八十岁的人,而像六十岁。因此,专家预测,可跨世纪,并有百岁希望。这样,就可保证,我并不像他想象的,"已经失去竞争能力",成了"银样镴枪头",而是完全可以再和这些人周旋一段时间。

最使我感兴趣的,是这位名家,使用了"岁寒三友"这个成语。有无三友,且不去谈。令人深思的,只是"岁寒"两字。他们以为,我们这一代,已经进入岁寒季节,也就是他们常说的"被冷落"、"有失落感"的另一种说法。

我个人的感觉是,我们革命一生,虽无多么大的功劳,但也有一些苦劳,也没有做过对不起国家和人民的事情。及至老年,本身虽无能为力,国家和人民,也不会轻易就无缘无故,把我们打入冷宫,叫我们度寒岁。当然世事难知,这是就目前而言,将来如何,谁也难料。我也很少去想它。

有些人，对天气预报，很有兴趣。一有风吹，他就预报冬天要来了；一有草动，他又报春天要到了。成了报春花。有时报错了，又不得不改正。时令是科学，是不会随少数人，即使是敏感的诗人、作家的想象来改变的。

我生活在自然季节里，冬季冷一些，夏季热一些，很是习惯。我没有热得发烧过，也没有冷得冰冻过。除去"文化大革命"的十年，命运，虽不能说是幸运儿，也不能说是太悲惨；论处境，也是比上不足，比下有余，说不上阔气，也说不上寒酸。回顾一生，巡视周围，自己好像总是处于中间状态，或称中庸，或称中流，或称中等。仰望浮云，俯视流水，无愧于己心，无怨于他人。

有些人，总以为自己红极一时。一时过了，仍然觉得没有红够，再想法制造一点红的假象，热闹一场。这究竟像老太爷做生日一样，是回光返照了。

我每天兀坐在楼台上。

我不知道，我现在看到的，是不是我青年时所梦想的，所追求的。我没有想再得到什么，只觉得身边有很多的累赘。

我时常想起青年时的一些伙伴，他们早已化为烟尘，他们看不到今天，我也不替他们抱憾。人有时晚死是幸运，有时早死也是幸运。

一九九四年九月十九日改讫

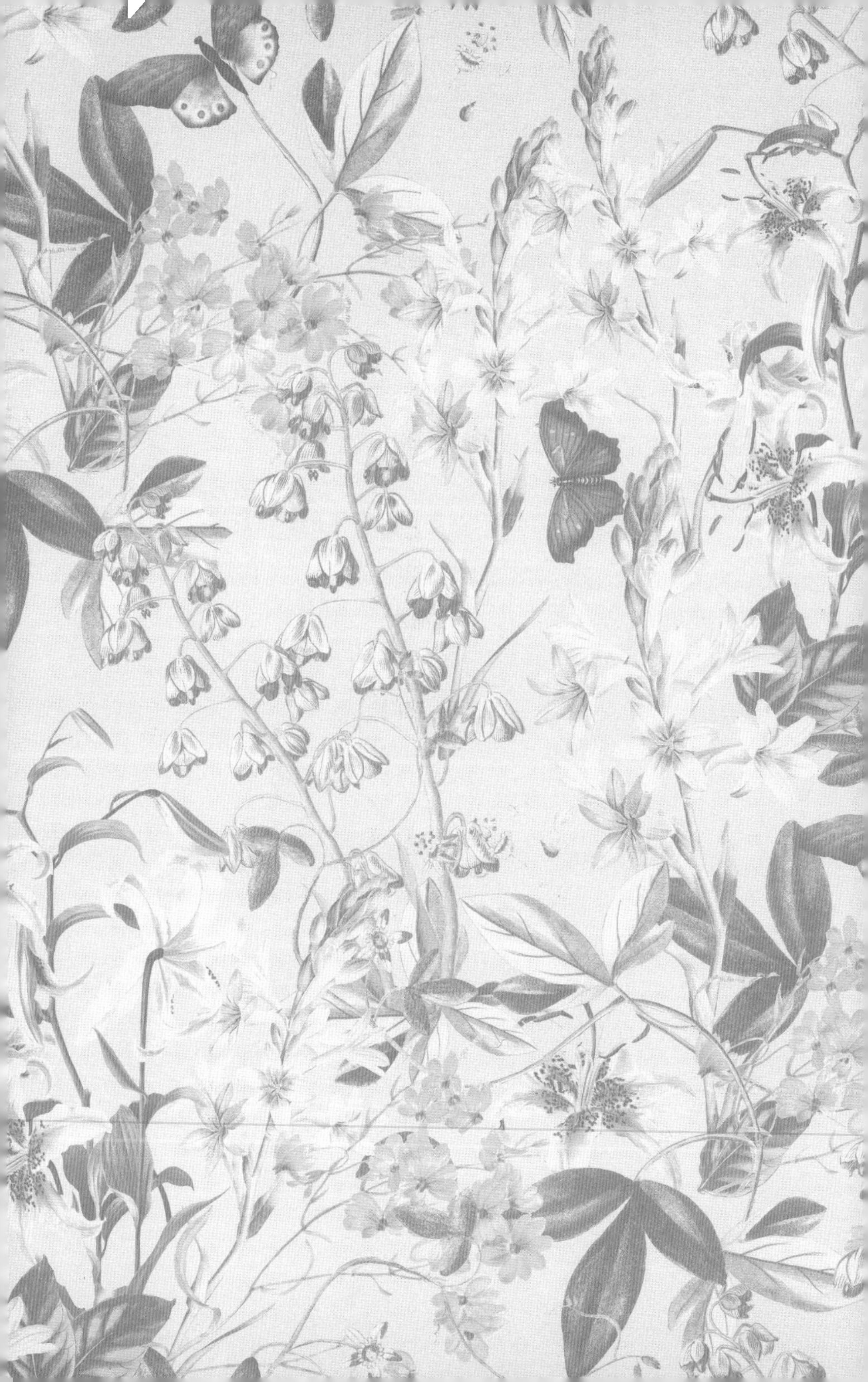

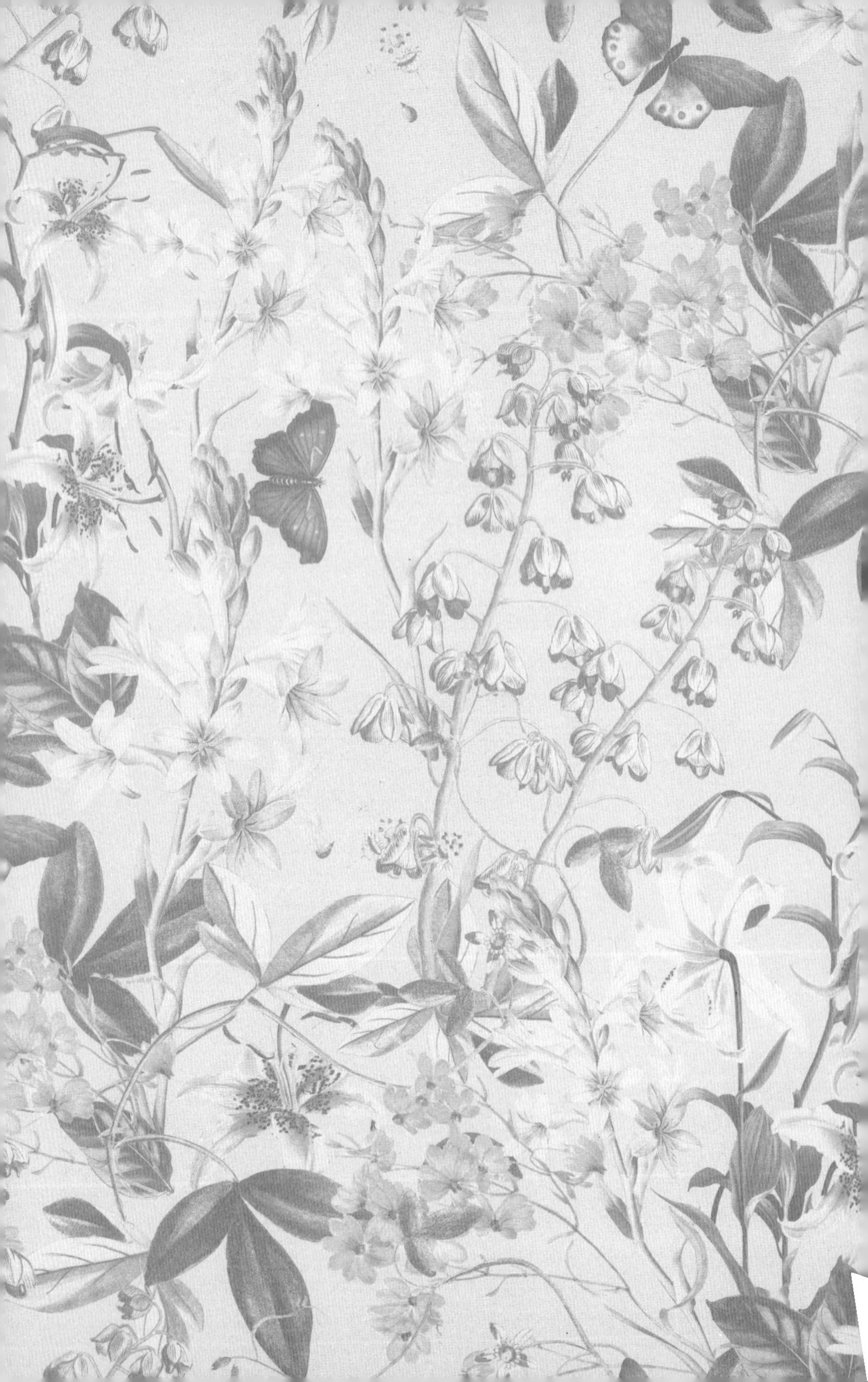